KB012775

용과 제례

전승하는 마녀

2

츠쿠시

Illustrations copyright © Enji

CONTENTS

RYU TO SAIREI

Presented by Ichimei Tukushi

용과 제례
─ 전승하는 마녀 ─

2

츠쿠시 이치메이

모두가 둥글게 춤추는 공간에, 나는 들어갈 수 없었다. 네 나이에는 참가 못 해. 그녀에게 그리 가르쳐 준 그들은 이쪽으로 눈길도 주지 않고, 수확을 마친 밭 위를 춤추고 있었다. 사실 자격은 있었을 것이다. 신이 난 젊은이들 가운데는 자신보다 연하인 아이도 있었다.

　어쩐 일이야? 어른들이 그리 말을 건넨다. 춤추러 안 가? 배라도 아파? 건넨 손길을 뿌리치고 소녀는 뒤로 물러났다.

　어른은 옛날에 어린아이였으니까 어린아이를 이해할 수 있다고 믿었다. 어째서 그런 착각을 한 것일까? 태어나기 전의 일을 기억하는 아이가 없는 것처럼 어른이 되기 전의 일을 기억하는 어른은 없다. 단순한 이치인데.

　조용히 밭으로 시선을 향했다.

　부럽다고도, 밉다고도 생각하고 싶지 않았다.

　아무 생각도 없이, 춤추는 그들을 바라보고 싶었다.

　문득 시선에 기묘한 그림자가 비쳤다.

　소녀는 눈을 깜박거렸다.

　점점 열기를 띠는 춤의 원, 그 너머.

　밭을 사이에 두고 반대쪽.

　그곳에 검은 그림자.

　한동안 자신에게만 보이는가, 생각했다. 춤추는 젊은이들도 근처에 있는 어른들도, 누구 하나 알아차리지 못했으니까.

뚝, 코끝에 차가운 감촉을 느꼈다.

올려다보니 회색 구름에서 물방울이 떨어지고 있었다.

비다. 그리 생각할 틈도 없이 시야가 하얗게 물들고 하늘이 찢어지는 소리가 났다.

모든 것이 하얗게 흐려진 세계 가운데, 그 검은 그림자만은 사라지지 않고 또렷하게 떠올랐다.

"마녀."

누군가 그리 말했다.

마녀다, 마녀가 있다, 마녀가 왔다── 공포는 사람에서 사람으로 전파되고, 그 심정이 구름까지 전달되었는지 천지가 뒤집어질 것 같은 비가 쏟아지기 시작했다.

어른도 어린아이도 공황에 빠져서, 흙투성이가 되어서는 멀리 도망쳤다. 격렬한 비 탓에 공포에 빠진 그들의 얼굴도 비명도 뒤섞여 버렸지만.

홀로 남겨진 소녀는 밭을 건너갔다.

질척질척해진 흙의 감촉이 기분 나빴다. 몇 번이고 발이 빠질 뻔했지만 그래도 똑바로 걸었다.

다가가자 검은 그림자는 이쪽으로 시선을 향하는── 것 같았다. 자신보다 훨씬 키가 크고 얼굴이 잘 보이지 않았다.

"너는 마녀야?"라고 소녀는 말했다.

자신의 목소리도 지워 버리는 빗속에서, 어째선지 상대의 말이 또렷하게 들렸다.

"그래."

"이건 네가 내리게 만든 거지?"

"내가?" 마녀는 유쾌하다는 듯 말했다. "어째서 그런 짓을 하는데? 오히려 네가 내리게 만든 거 아냐?"

"왜 그렇게 생각해?"

"그런 표정을 짓고 있으니까."

그런 표정? 그리 말하려다가 상대가 자신을 놀린다는 사실을 깨달았다.

"너네 집은 어디야?"

"숲속 깊은 곳."

"⋯⋯있지, 나도 데려가."

"호오오, 괜찮겠어?"

"어째서?"

"모르는 거야?" 그 입이 초승달 모양으로 일그러졌다. "마녀는, 인간을 잡아먹는다고."

"그렇구나."

"어라, 안 무서워하네."

"무섭지 않은걸."

"흐─응, 그렇다면 같이 오도록 해."

"응."

"정말로, 괜찮지?"

"상관없어. 그야─."

잡아먹혀 버린다면 더 이상 아무것도 고민할 일은 없으리라. 죽는다면, 틀림없이 죽기 전의 일은 잊어버릴 테니까.

○

수도라고 하길래 굉장히 혼잡하리라 예상했는데, 통행인 숫자는 평소에 지내는 레이레스트와 큰 차이가 없었다. 다만 사람들의 모습이 다른 것처럼 보였다. 면면이라고 할까, 얼굴의 경향이라고 해야 할까.

레이레스트를 방문하는 사람들은 그것이 상인이든 여행자든, 레이레스트가 목적지인 사람이 아니다. 목적지로 향하는 도중에 중계 지점, 휴식 장소를 찾아온 것. 그런 경향이 가장 현저한 것이 상인으로, 도시에서 도시로 물품을 움직여서 돈을 버는 그들은 지금 있는 도시 따위는 생각하지 않는다. 언제나 지금부터 갈 도시에 대한 생각으로 머리가 가득한 모양이다.

그런 점에서 수도는 달랐다. 수도를 방문한 사람들에게는 이곳이 종착점이다. 언젠가 떠날 땅일지라도 일단은, 그들은 도착한 것이다. 다음으로 갈 곳에 대해서는 머릿속에서 지워 버리고 지금 있는 장소만을 생각한다. 그래서 그런지 길을 가는 사람들은 다들 어쩐지 느슨하게 보였다. 수많은 인간이 모여 있는데도 분주한 느낌이 없었다.

대로 쪽으로 난 창문을 보며 그런 생각을 했다.

익스는 사람을 기다리고 있었다.

널찍한 방이었다.

입구에서 새로운 손님이 들어왔다. 멀끔한 점원이 소리도 내지 않고 그 옆으로 다가갔다. 담소를 나누며 안쪽 방으로 인도했다. 그쪽에는 상품인 마법 지팡이가 여럿 놓여 있었다. 조금 전에 그도 봤는데 어느 것이든 최상급인 물건뿐이었다.

가게로 들어와서 바로 상품을 볼 수 있도록 하는 편이 좋을 것 같은데 이 방은 무슨 용도로 사용하는 것일까. 호화로운 장식에 가장자리로는 의자와 책상이 몇 개나 놓여 있고 그 사이는 칸막이로 가로막아 두었다. 본인 말고 앉아 있는 사람의 모습은 없었다. 점원 몇 명이 직립부동으로 새로운 손님을 기다릴 뿐이었다. 익스는 안쪽 자리에 앉아 있었다.

"익스 님" 하고 누군가 말을 건넸다.

작업복 차림의 젊은 남자가 서 있었다. 고개를 향하자 "이쪽으로"라면서 다른 방으로 통하는 문을 열었다.

뒤쪽의 방을 몇 곳 경유했다. 평소에는 사용되지 않는 도구 창고를 지나고, 또 몇 명의 장인이 묵묵히 작업 중인 방도 통과했다. 얼핏 본 것만으로도, 어느 장인도 숙련된 마법 지팡이 장인임이 엿보였다. 아직 수습인 자신으로서는 넘볼 수도 없는 지팡이 제작자들이었다.

건물 안쪽까지 들어가서 무거워 보이는 문 앞에 남자는 멈춰 섰다. 이쪽을 돌아보고 "기다리십니다"라고 말했다.

"열어도 되나?" 문 옆에서 차렷 자세를 취한 그에게 물었다.

"저로서는 열 수 없습니다."

"그런가."

보기보다 문은 가볍게 열렸다.

향의 냄새가 물씬, 코를 찔렀다.

실내는 어스름했다. 창문은 없고 조명으로 양초가 몇 개 세워져 있었다. 문을 열면서 공기의 흐름이 생겨 양초가 일렁거렸다. 내부의 장식은 무척 화려해서 방 안이 빨간색과 금색으로 장식되어 있었다. 이런 상태에서 밝았다면 눈이 따끔따끔할 것이다.

방 중앙에 커다란 침대가 놓여 있었다. 이쪽도 화려한 빨간색과 금색. 얇은 천으로 칸막이가 드리워져 있어서 안쪽은 보이지 않았다.

익스가 막무가내로 천을 걷어내자 침대의 인물이 꿈틀거렸다.

"익스다."

"먼 길, 잘 왔어."

방에 흐리멍덩한 목소리가 울렸다.

흐리멍덩한 것은 그 상대가 가면을 쓰고 있기 때문이었다.

가면—— 눈가만 가리는 것이 아니라 오히려 얼굴보다도 훨씬 거대하다. 세로로 긴 타원형으로, 비스듬히 기울여서 장착했다. 나무로 만들어서 흰색으로 장식, 표면에 민족적인 문양으로 얼굴이 그려져 있었다. 목소리는 그 뒤에서 나왔다.

이상한 것은 가면만이 아니었다. 상반신을 일으킨 자세이지만 선명한 적발은 침대에 펼쳐지고도 끝까지 늘어질 만큼 길었다. 복장은 잠옷이 아니라 귀족의 무도회라도 출석하는 것 같은 고급스러운 의상을 입었다. 목이나 손에는 과도할 정도의 장식이 달려 있었다. 옆에서는 향로에서 하얀 연기가 피어나왔다. 머리가 점점 멍해지는 것 같은 향기였다.

익스는 고개를 내젓고 상대를 응시했다.

"무슨 일로 불렀어, 누님."

큰누님——문지르 문하의 수제자——라유마타는 우아한 동작으로 침대 가장자리를 가리켰다. 잘그랑, 금속이 맞부딪히는 소리가 났다.

"앉아." 느긋한 목소리로 말했다.

"아니, 그냥 서 있을게."

"앉아."

"나는——."

"앉아."

"…………."

익스는 침대 가장자리에 앉았다. 믿기 힘들 정도로 부드러웠다. 몸의 체중으로 이불이 가라앉고 머리카락 몇 가닥이 바닥에 닿았다.

제자 중에서 막내에 해당되는 자신이 큰누님을 거스를 수는 없었다. 스승이 죽은 지금이 되어서도 가장 고개를 들 수 없는 상대였다.

손을 짚고 상반신만 돌아보는 자세가 되었다.

"지팡이를 만들지 않는 모양이더구나." 라유마타는 말했다.

"어떻게 알지?"

"모르나한테 들었어." 그것은 그녀의 입장에서 사제, 익스의 입장에서는 사저이자 현재 신세를 지고 있는 장인의 이름이었다.

"……그런가."

"왜지."

"내가 만들 이유가 없잖아. 가게 인원은 충분해. 내가 만드는 것보다 누님이 만드는 편이 품질도 좋을 테니까 뻔뻔하게 나설 일은 없어."

"그 아이는 천재야. 지금 말한 이유가 사실이라면 너는 평생 지팡이를 못 만들겠지. 아니, 그런 논리로 따진다면 최고의 지팡이 장인 말고는 지팡이를 만들 이유가 없어. 그런 말을 하고 싶은 거니."

"……지팡이를 만들 이유 따윈 아무래도 상관없잖아." 오히려 그것을 알 수 없기에 지팡이를 만들 수가 없는데. "아니면 조언이라도 해주게?"

"설마. 왜 내가 너를 돕겠어."

"그럼 얼른 본론으로 들어가. 대체 무슨 용건으로 굳이 수도까지 불렀지?"

"지팡이 벽이 해제되었어."

"뭐——?"

너무나도 간단하게 그런 소리가 나오자 익스는 입을 떡 벌렸다.

"지팡이 벽이라면, 어, 어디에 있는 거? 부서졌나?" 저도 모르게 강한 어조로 따져들었다.

"물론 이곳—— 수도의 지팡이 벽이야. 부서지지는 않았어.

풀렸다는 것도 아직 확정은 아니야. 그렇게 적혀 있는 밀서가 발견되었을 뿐이지."

"밀서——라니."

"상인의 짐수레에 감추어져 있던 것을 문지기가 발견했어. 본인도 모르는 상태에서 숨겨져 있었다고 그래. 정기적으로 같은 경로를 다니니 우수한 운반책이었던 거겠지. 조사 중이기는 하지만 보내는 사람도 받는 사람도 불명. 밀서가 압수당했으니까 그 상인은 두 번 다시 이용되지 않겠지. 안 잡고 풀어두면 되었을 텐데, 어리석은 짓이야."

이야기에 따르면 그 밀서에 "수도의 지팡이 벽 해제 방법을 알아냈다"라고 적혀 있었다나.

지팡이 벽이란 성벽에 설치된 특수한 마법 지팡이를 가리킨다. 한마디로 말하면 아주 거대하고 긴 지팡이다. 나무 한 그루를 통째로 지팡이로 가공해서 성벽 안쪽에 집어넣는다. 그리고 적이 공격할 때에 기동해서 주위의 성벽이나 성문의 강도를 올린다. 공성 지팡이라는 대항 병기도 개발되어 있지만 방어의 핵심임에는 틀림없다.

일반적으로 지팡이 벽에는 '자물쇠'라고 불리는 안전장치가 설치된다. 마법적인 암호 같은 것으로, 이것을 특정한 순서로 '해제'하면 지팡이 벽의 기능은 모두 정지된다. 반란 등으로 탈취당했을 경우를 대비한 처치라고 한다. 해제 방법은 자물쇠를 건 본인도 알 수가 없도록 되어 있고, 지극히 몇 명의 지도자나 권력자만이 파악하고 있었다.

익스는 의아하다는 표정을 지었다.

"누군가의 장난 아닌가?"

"밀서에는 그 밖에도 수도의 경비 상황이 적혀 있었어. 그것도 기밀사항이지만 정보에 거의 틀린 점은 없었다고 들었어."

"정말인가? 수도의 방벽인데? 쉬운 난이도가 아니야. 장인을 몇 명이나 모아서 논의하더라도 해제가 가능할지는 반반이겠지. 몰래 조사해서 해제할 수 있다니——."

"네가 떠올릴 수 있는 걸 다른 사람은 못 떠올릴 거라고 생각하니." 라유마타는 단숨에 말했다.

"그런 논의는 진즉에 다 이루어졌어. 이미 결론도 나와 있지. 일시적으로 수도의 경계를 강화하고 동시에 새로운 자물쇠를 설치한다. 그걸 내가 담당하기로 결정되었어."

"……그런가."

뭐, 그녀가 담당한다면 설령 이제까지의 자물쇠가 풀리더라도 큰 문제가 되지는 않을 것이다. 앞으로 백 년은 안녕할 터.

하지만 "다만"이라며 그녀는 입을 열었다.

"한 가지, 신경 쓰이는 게 있어."

"별일이네. 누님이 모르는 일인가."

"모르는 게 아니라 신경 쓰이는 거야." 라유마타의 입은 거의 움직이지 않았다. 복화술사와 대화를 나누는 것 같았다. "작업에 앞서서 지팡이 벽 설계도를 확인했어. 수도의 지팡이 벽은 이제까지 몇 번인가 수리되었고, 최근에는 약 60년 전에 진행되었다고 해. 그 수리에서 발산법이 채용되어 있었지."

"일반적인 방법이라고 생각하는데…… 잠깐." 익스는 한 손을 펼쳤다. "발산법이 실용화된 건 30년 전 아니었나."

"그리 생각해 조사해 봤는데 확실히 발산법이 사용되었어."

"왕국이 기술을 숨기고 있었다──? 아니, 하지만 그렇다면 좀 더 빨리 군 지팡이로 보급되었을 테지……."

"네 추측 따윈 원하지 않아. 중요한 건 경위야 어쨌든 60년 전에 발산법을 고안한 인간이 있었다는 사실이야. 그리고 그 인물이야말로 이번 해제의 장본인이 아닐까 나는 의심 중이야."

"아아…… 그렇군."

지팡이 벽의 자물쇠를 해제하는 것은 지극히 어렵다. 하지만 혹시 지팡이 벽 수리에 관여하고, 그리고 60년 전에 발산법을 고안했을 정도인 지혜의 소유자라면 확실히 불가능하다고 단언할 수는 없었다.

"조금 더 조사했더니 60년 전의 수리를 담당한 사람 가운데 하나, 장인이 아닌 사람의 이름이 있었어. 귀족이야. 이런 사업에 이름만 참가하는 귀족은 적지 않지만 그런 것치고 그녀의 기록은 적어. 공적을 목적으로 했다고 그러기에는 미묘해."

라유마타는 오른팔을 들어 이쪽을 가리켰다.

"네게 그 사람의 조사를 명령할게."

"……뭐?"

"마리에 대해서 조사하고 결과를 나한테 보고해."

"무, 무슨 소리야." 무심코 익스는 일어섰다. "영문을 모르겠네. 그런 녀석, 오늘 처음 들었다고. 어떻게 조사하라는 거야. 애당초 이런 건 모험가한테 낼 의뢰잖아. 왜 나한테 부탁하는데."

"너는 이런 조사가 특기라고 들었어."

"어디 사는 누가 그런 소리를──."

"모르나한테 들었어."

익스는 더없이 떨떠름한 표정으로 또다시 침대에 앉았다.

그렇다고는 해도 이것 역시 대략 예상하던 전개였다. 큰누님이 의미도 없이 수도로 부를 리가 없으니까 아마도 그에 상응하는 일, 이라고 할까 명령을 받게 될 것이라고. 들어본 적도 없는 귀족의 조사라는 것은 다소 예상 밖이었지만…….

"인원이 필요할 테니까 도와줄 사람을 준비해 뒀어. 데려가."

"도와줄 사람? 여기 점원이라도 데려오나?"

"그들은 내 거야. 너한테 빌려주겠니."

무슨 모험가는 아니겠지, 그러면서 미간을 주름을 만들었다. 이전에 어느 이인조한테 원한을 사서 폭행을 당한 이후, 모험가 조합은 가까이하지 않는 익스였다.

"기한은?"

"없어. 하지만 도와줄 사람은 가을 중으로 돌려보내. 겨울을 맞이하면 눈 때문에 못 움직이게 되겠지. 그렇게 되기 전에 한 번 보고를 보내. 좋은 보고를."

"무리한 소리 마."

익스의 불평은 간단히 흘려 넘겨버렸다. 애당초 큰누님이 자신의 말에 귀를 기울이리라 기대하지 않았지만.

적어도 하나 정도 저항할 수는 없을까, 그리 생각했더니 라유마타가 지긋이 시선을——가면 너머이기는 하지만—— 이쪽으로 향했다.

"그 밖에도 뭔가——."

"마녀."

"어?"

라유마타는 다시 "마녀야"라고 말했다.

"『그건 마녀가 만들었다』—— 스승님은 그렇게 말했지. 내가 독립하기 전의 일이야. 수도의 지팡이 벽에 대해서 물어봤을 때, 『그건 마녀가 만들었어. 인간에게는 참고가 안 된다』라고 이야기했어. 또 적당한 소리를 한다고 생각해서 이번 일까지는 잊고 있었는데, 어쩌면 사실이었을지도 모르겠어." 라유마타는 가면을 살짝 쳐들었다. "너는 들은 적이 있을까."

익스는 말없이 고개를 가로저었다.

마녀—— 그런 단어는 처음 들었다. 마법을 쓰는 여자를 의미하는 것일까. 굳이 줄여서 부르는 이유가 의문이었다. 그만큼 걸출한 존재, 라는 의미일지도 모른다. 그러니까 여기까지의 추측을 연결한다면 마리라는 그 귀족이야말로——.

"60년 전이었던가. 그 녀석이 마녀라 치고, 아직 살아있다면 좋겠는데."

"스승님의 이야기로는, 마녀는 불사라고 해."

"불사?"

"그 대신에 사람을 먹는다던데."

"허어? ……그건 뭐야."

바보 같다, 익스는 그러면서 어깨를 으쓱였다.

뛰어난 인물이 신성시되는 것은 뭐, 충분히 이해가 되는 심리지만 불사에 식인까지 더한다면 그저 동화다.

"설마 누님, 그것도 믿나?"

"들은 이야기를 꺼냈어. 내가 믿든 안 믿든, 사실에는 영향이 없지." 라유마타는 차가운 말투로 말했다. "내가 확인한 사실은 두 가지. 그 인물의 생존과 현재의 위치."

"거기까지 알았다면 직접 가."

"네가 가장 가까우니까 명령했어."

"가까워? 레이레스트에 있나."

그래, 라유마타는 그러면서 고개를 끄덕였다.

"마리 서니르드── 현재 레이레스트 도서관장을 맡고 있는 여자야."

"관장이라……."

"알고 있어?"

"뭐, 그렇다고 못할 것도 없겠지만."

"그런가. 그럼 가." 그녀는 턱을 까딱거렸다.

"…………"

하지만 방을 나가려던 참에, 또 말을 건넸다.

"익스."

말없이 돌아봤다.

가면의 얼굴이 이쪽으로 향했다.

"너는 처음으로 만든 지팡이를 기억하고 있니?"

1

내뱉어지듯이 익스는 라유마타의 가게를 나왔다.

그녀와 엮일 일은 거의 없지만 이렇게 만나면 항상 무척 지치고 만다. 그것은 수제자와 마지막 제자라는 입장 탓도 있지만, 그보다도 그녀와 이야기를 나누다 보면 상대가 모든 것을 꿰뚫어 보는 듯한 감각에 빠지기 때문이리라.

스승 문지르가 그랬듯이 그의 제자들도 다들 무언가——그리고 치명적으로——결여된 부분을 품고 있다. 예를 들면 익스에게는 마력이 없고, 모르나에게는 대인 능력이 없다. 그리고 큰누님인 라유마타에게는 두 눈이 없다.

그것이 선천적인 것인지 병 때문인지, 익스는 모른다. 어느 이야기에 따르면 문지르의 제자로 들어온 이후, 시각은 방해임을 깨닫고 스스로 뭉갰다고도 한다. 진상은 알 수 없지만 여하튼 그녀의 예민한 감각은 탁월했다. 지팡이 제작 솜씨는 물론이고 사람을 파악하는 것도 뛰어났다. 이런 규모의 점포를 꾸릴 수 있었던 것은 ——애당초 꾸리자는 발상이 가능한 것은—— 제자 중에서는 그녀뿐이리라.

'그렇지만······.' 익스는 미간을 찌푸렸다.

그렇다면 자신은 마력을 가지지 않은 대신에 무엇을 가진 것일까.

생전의 문지르는 익스야말로 가장 재능이 있는 제자라며 이야기했다고 한다. 마법 지팡이를 밖에서 볼 수 있는 것은 그뿐이다, 그렇게 말했다고 하는데 막상 여러모로 추상적이었다. 확실히 마력이 없는 인간은 드물다. 자신 말고 그런 존재는 모른다. 하지만 그래서 반대로 무언가를 얻을 수 있다니, 현재로서는 그런 생각은 들지 않았다. 애당초 어째서 익스가 살아서 태어났는지도 불명인 것이었다. 어쩌면 그 부분에야말로 그에게 특별한 무언가가── 재능이 있는 것일지도 모르지만…….

이 계절의 왕국답게 하늘에는 무거운 빛깔의 구름이 낮게 깔려 있었다.

라유마타가 준비했다는 도와줄 사람과는 대성당에서 만나기로 약속이 되었다. 가게에서 떨어진 위치였지만 길을 헤맬 걱정은 없었다. 왕성을 제외하고 가장 높은 건물로 가면 그만이었다.

국왕이 교황을 겸하는 왕국에서 수도는 말레교의 신앙이 번성한 땅이기도 했다. 가까워질수록 예배로 방문한 신도로 주위는 점점 북적거렸다. 멀리서 온 순례자일까, 여행채비인 사람도 많았다.

대성당은 장엄한 건물이었다. 멀리서 봤을 때도 생각했지만 다가가자 더더욱 압도당했다. 하늘을 찌를 듯한 첨탑, 돌로 만들었다고는 여겨지지 않는 벽면의 조각. 얼마나 수고가 들었을지 상상도 할 수 없었다. 익스는 어쩐지 기가 죽는 바람에 중앙 회랑 가장자리를 슬며시 걷고 있었다.

하지만 내부 장식을 바라보자 더더욱 견딜 수 없는 기분을 느졌다. 어쨌든 요소 하나하나가 규격을 벗어났다. 천장의 종교화든 끼워져 있는 색유리든, 어느 것이든 편집적인 장인이 공을 들인 것이리라. 들은 바에 따르면 세워진 지 200년은 더 넘었다고 한다.

지금은 대좌에 사제가 서서 낭랑한 목소리로 무언가 이야기 중이었다. 신도가 주위에 모여서 듣고 있었다. 그 밖에도 떨어진 장소에서 홀로 기도하는 사람, 입구 근처에서 대화를 나누는 사람도 있었다. 안에서 행동하는 방식은 의외로 자유로워보였다.

사전에 들은 바대로 다리가 다섯인 짐승이 새겨진 기둥으로 갔더니 이미 기다리는 사람이 있었다. 다가오는 익스를 쳐다봤다.

젊은 여성——이라기보다, 소녀였다. 눈이 가려질 정도로 긴 앞머리에 헐렁헐렁한 의복을 질질 끌듯이 입었다. 키와 체격은 살짝 작지만 눈에 띌 정도는 아니었다. 전체적으로 수수한 인상을 받았다.

"저기—— 라유마타한테 도움을 의뢰받은 사람인가?"라며 말을 건넸다.

"예." 작고 높은 목소리가 대답했다.

"익스야."

"노바, 예요."

"무척 어리게 보이는데."

"그런가요."

"……몇 살이지?"

"열여덟, 이에요."

"학생인가?"

"예."

"왕립학교의?"

"예."

그것으로 대화가 끊어졌다. 겉모습 그대로라고 할까, 패기가 없는 인간이었다. 그것을 바탕으로 상대를 판단하는 것은 아니지만, 그러나 어째서 라유마타가 그녀를 선택했는지 의아했다. 한가해 보이는 학생을 붙잡아 왔을까. 뭐, 대화에 적극적인 상대보다 대하기 편한 것은 분명했다. 적어도 몇 주 동안은 함께 행동할 상대로서.

문득 노바가 대좌 쪽으로 시선을 향했다. 사제가 온화한 말투로 계속 이야기 중이었다. 높은 천장에 목소리가 메아리쳐서 여기까지 내용이 전해지지는 않았다. 그녀가 작게 말했다.

"지금, 이야기하는 부분."

"어?"

"기존의 서적에 해당되는 문장이 존재하지 않아요. 성전과, 잠언을 섞어서 이야기한다, 그런 것 같아요. 알아듣기 쉬운, 내용이기는 하지만, 보충이 필요하지 않을까, 생각해요." 듣기 힘들지는 않지만 어쩐지 독특한 틈을 두는 말투였다.

"……어째서 만날 장소로 대성당을 지정했지?"

"사람의 출입이 엄청나니까 눈에 띄지 않아요. 기둥 외에 몸을 숨길 장소는 없으니까, 훔쳐들을 걱정도 필요 없지는 않을까, 해서."

"이번 일의 내용은 파악하고 있나?"

"예." 그녀는 앞머리를 흔들며 고개를 끄덕였다. "마리라는 분에 대해서 조사한다, 였죠?"

"물어봐도 될지 모르겠지만, 어째서 받아들였지? 내가 말하는 것도 그렇지만 어딜 봐도 수상쩍은 이야기고, 크게 재미있지도 않은 것 같은데. 보수가 목적인가?"

"보수도 재미도 관계없어요. 저는 들러리, 예요."

"그건 뭐, 내 들러리가 되는 셈이지만."

"왔어요."

"어, 뭐가?"

노바는 저쪽, 이라며 입구를 가리켰다.

수많은 신도에 섞여서 회색 외투를 걸친 인물이 미끄러지듯이 들어왔다. 후드를 깊이 뒤집어써서 얼굴은 보이지 않았다. 익스와 마찬가지로 중앙 회랑의 가장자리를 걸어서 그늘에 숨듯이 이쪽으로 다가왔다. 발소리도 내지 않으며 그저 눈에 띄지 않는 것을 의식한 동작이었다.

어째서 익스가 그 인물에게 집중했느냐면 잘 아는 상대와 같은 복장이기 때문이었다. 아니, 회색 외투를 입은 인간이라면 드물지는 않다. 하지만, 어쨌든, 그녀임은 한눈에 바로 알 수 있었다.

두 사람 곁으로 걸어오더니 외투를 걸친 인물은 작게 말했다.

"어라, 노바 씨?"

"예."

"한 사람 더 온다고는 들었지만…… 예, 잘 부탁해요."

"예."

"그리고── 라며 그녀는 이쪽을 향해 돌아봤다. "오랜만이에요, 익스."

"……지팡이 상태는 어때?"

"지팡이부터 걱정하나요. 여전한 모양이네요."

대하기 불편한 상대가 왔구나, 생각했다.

대하기 불편하지만, 그래도 이상적인 상대이기도 했다.

2

유이 라이카와 만나는 것은 여름에 그녀의 지팡이를 수리한 이후로 처음이었다.

후드로 가려져서 그녀의 얼굴은 보이지 않지만 아마도 한숨을 내쉬었으리라, 잠시 틈이 있었다.

"지팡이에 대해서는, 예, 문제없어요. 저번 시험에서도 더없이 제대로 움직여줬어요."

"그럼 됐어."

"익스는 어떤가요?"

"나는 평소 그대로야."

"그건 다행이지만……."

유이는 한순간 노바에게 시선을 향했다. 그녀는 의아하다는 듯이 마주 봤다. 이야기가 돌아오지 않는 한 말하지 않는다, 그

것이 기본자세인 듯했다.

"친구인가?" 익스는 물었다.

"친구라고 할까…… 설명하기 어렵지만, 일단은 제 동급생이에요. 라유마타 씨한테는 둘이서 도우라고 부탁을 받았어요."

"학원에 나가진 않아도 괜찮나."

"예." 노바의 대답은 그것뿐이었다.

"뭐, 제 경우에는 낙제하더라도 취급은 변함없으니까요."

후드를 신경 쓰며 유이가 말했다.

왕국에서 유이 라이카라는 인물은 무척 복잡한 입장이었다. 그녀는 왕국 사람이 아니다. 왕국에게 침략을 당한 동방의 소국——루크타에서 넘겨진 소녀이다. 현재는 유학생으로서 왕립학교에 다니는 신분이지만 물론 자신이 바란 것은 아니다. 학생보다는 인질이라고 부르는 편이 정확하다고 할 수 있으리라.

설교가 끝났는지 계속 울리던 목소리가 그쳤다. 모여 있던 신도들이 웅성웅성 떠들면서 흩어졌다. 일단 대화를 그만두고 그들이 떠나는 것을 기다렸다.

하지만 출구로 향하는 집단에서 벗어나서 이쪽으로 말을 건네는 남자가 나타났다.

"어라, 노바잖아?" 대좌의 사제와 같은 법의를 입었지만, 이쪽은 조금 더 젊었다. "아, 역시 그랬어. 여기서 만나다니 뜻밖이네."

"신부님." 노바가 작게 말했다.

"그 사람들은? 네 학교 친구인가."

"그런 사람, 이에요."

"너, 얼굴에 무슨 문제라도 있나?" 남자가 유이를 보고 고개를 갸웃거렸다.

"피부병이 있어요." 막힘없는 말투로 그녀는 대답했다.

"이런, 실례했군. 으음, 예배를 보러 왔나?"

"두 사람한테 대성당을 안내하고 있었어요." 노바가 말했다.

"오오, 그건 훌륭해. 여긴 왕국에서도 1, 2등을 다투는 역사적인 건물. 물론 규모도 그렇지만 조각 하나, 그림 하나하나에 명확한 의미가 담겨 있어. 예를 들면 너희가 서 있는 그 기둥——" 하며 다리 다섯 달린 짐승 조각을 가리켰다. "어, 아니지. 미안하네. 내가 해설해서는 네 역할을 빼앗고 말겠네."

"감사합니다."

"뭐, 느긋하게 보고 가도록 해." 그러면서 남자는 떠나려고 했지만 금세 방향을 바꾸어서 돌아왔다. "아…… 그렇지, 하나 말해 둬야겠어."

"무슨, 이야긴가요." 노바가 고개를 갸웃거렸다.

"최근에 신파(新派)의 움직임이 어쩐지 이상하다고 그러네. 탈퇴파 중에서도 혈기왕성한 녀석들이 모여 있다나 봐. 뭐, 그들도, 으—음, 그렇게 과격한 짓은 안 할 거라고 생각하지만, 보게 된다면 가까이하지는 않도록 해."

"예."

걸어가는 남자의 뒷모습을 보며 유이가 노바에게 물었다.

"누구시죠?"

"몰라요."

"예?"

"학교의 교회에 자주 오시는 신부님, 이에요. 이름은 몰라요."

"아, 그런 의미인가요……."

바로 출발하게 되어서 함께 역으로 향했다.

레이레스트는 북쪽의 도시다. 수도에서는 거리가 있지만 왕의 가도──쿠사 츠후가 이어져 있으니까 이동에는 그다지 고생할 일이 없다. 두 도시의 왕래도 빈번해서 왕국에서는 중요한 교역로라고 할 수 있다. 마차 대수도 많다.

이동비는 라유마타가 낸다니까 세 사람은 비싼 마차에 탑승했다. 승객은 그들뿐이었다. 속도가 빨라서 진동도 크지만 고급스러운 마차가 흔들림을 억제하기에 결국에 탑승감은 평범한 마차나 마찬가지였다. 다만 성문에서 기다릴 일이 없는 것은 좋았다. 창문으로 통행증을 보여주는 것만으로 바로 통과시켜주었다.

잠시 근황에 대해서 이야기를 나누었지만 금세 익스가 마리의 이름을 꺼냈다.

"레이레스트의 도서관장이라면 유이도 만났지?"

"예, 전에 책을 받았는데요……." 후드를 벗은 유이가 고개를 끄덕였다. "글쎄요. 나쁜 일에 손을 댈 법한 분으로는, 전혀."

"뭐, 그렇지." 백발 노파의 얼굴을 떠올렸다. "그런데 누님한테 들었나? 저기, 그러니까……."

"마녀 말인가요? 듣기는 했지만, 아뇨, 정체는 전혀 불명이에요. 저 나름대로 조사해 봤는데 중앙 공통어로도 왕국 고대어로도, 그리고 학교에서 조사할 수 있는 범위의 언어 가운데『마녀』에 해당되는 단어는 확인할 수 없었어요."

"잘도 그럴 시간이 있었군." 익스는 놀라서 말했다. "누님이 언제 불렀지?"

"아뇨, 원래 다른 일로 마녀를 조사하고 있었거든요. 라우마타 씨가 이야기를 건넨 것도 그녀가 그 사실을 알게 되었기 때문이라서. 도와줄 상대가 익스였던 건 우연…… 아니, 어떤 의미로는 우연이라고 할 수도 없지만요."

"그 이야기는?"

"설명하자면 귀찮지만…… 으음, 익스, 여름에 당신을 습격한 모험가, 기억하나요?"

"……그래."

모험가 조합에서, 제출한 마수 소재가 부자연스럽다며 익스에게 지적을 당하고, 나중에 복수를 하러 온 이인조. 도중에 구하러 온 사람이 있어서 멍청하게도 그 소재를 떨어뜨리고 도망갔지만…….

"그 이인조가 붙잡혔어요. 수도에서."

"어? 아, 그런가."

"익스 건과는 별개의 일이에요. 집합소에서 멋대로 숙박하는 걸 수상쩍게 여겨서 붙잡았어요. 붙잡았는데 아무래도 분위기가 이상해서 이야기를 들어봤더니 예의 두 사람으로 판명이 났죠. 그래서 자세한 사정을 물어봤어요."

뭐, 그런 일도 있나. 납득했다.

"그랬더니 두 사람이 말했거든요. 『그건 마녀한테 협박을 당해서 저지른 일이다』——라고."

"어?" 생각지 않은 방향에서 튀어나온 이야기에 익스는 얼빠진 목소리를 흘렸다.

"자신들은 협박을 당했다. 하지만 실패한 이상, 마녀한테 붙잡혀 지독한 꼴을 당한다. 그러니까 수도까지 도망쳤다. 그렇게 말했어요. 양쪽 다 무척 초췌해서는 작은 소리 하나에도 겁을 먹는 꼴이었죠. 아무리 그래도 그건 연기로 보이진 않아요."

"협박을 당했다는 건, 나를 습격하라고?"

"에네드 엄니를 조합에 내는 거예요, 물론." 유이는 쓴웃음 지었다. "그걸 익스가 방해하는 바람에 마녀의 명령을 달성하지 못했다, 어쩌지. 그렇게 혼란에 빠진 나머지 저지른 만행이라고 해요."

"나한테는 폐가 되는 이야기인데……."

"그 이상 몰아붙일 생각은 들지 않아서 관리가 데려가도록 넘겨버렸는데, 익스는 복수 같은 걸 하고 싶었나요?"

"아니, 딱히 아무래도 상관없어. 그 녀석들의 소재는 차고 넘칠 만큼 돈이 되었고……." 그때 익스는 미간을 찌푸렸다. "지금 이야기를 듣기로는, 그러니까 그 두 사람을 붙잡은 건 유이인가?"

"아……." 유이는 당황한 모습으로 입가를 막았다. "으음……. 예, 뭐, 그래요. 제가 붙잡고, 관리가 오는 동안에 이야기를 들었어요."

그건 굉장한 우연이네, 그리 생각하는데 계속 잠자코 있던 노바가 갑자기 입을 열었다.

"유이 씨한테는 저도 도움을 받았어요."

"노, 노바 씨, 그건……."

"도움을 받았다?" 제지를 무시하고 익스는 뒷이야기를 재촉했다.

"예. 이전에 수도에서 노점 사람한테 불평을 들었을 때, 우연히 근처에 있던 유이 씨가 중재를 해줘서. 그때는 얼굴을 가리고 있었지만, 학교에서 들은 적 있는 목소리라고 깨달아서, 말이에요. 그래서 친해졌어요. 그때는, 정말 감사했어요."

"아, 아뇨아뇨, 개의치 마시고."

"유이 씨는 그 밖에도 이런저런――."

"자자, 이제 충분하잖아요, 그렇죠?" 손을 내저으며 유이가 끼어들었다. "그보다도 노바 씨, 라유마타 씨와 아는 사이였군요? 어떤 경위로 이번 일을……?"

"저희 본가가 친해서, 예요." 노바가 대답했다. "이전부터, 저도 지팡이 쪽으로 신세를 졌으니까, 무슨 일이 있다면 맡겠다고 전해 뒀어요. 이번에는 아마도 그, 마리 씨, 였던가요. 그 분이 귀족이니까, 저를 부르지 않았을까요."

"……잠깐만요." 유이는 이마를 짚었다. "지금 새삼스럽게 묻는 것도 실례일 것 같기는 한데, 노바 씨는 귀족이었나요?"

"예."

노바는 평소의 패기 없는 목소리로 긍정했다.

"그, 그렇군요."

"하지만 대단치 않은 가문이라, 그렇게 신경 쓰지 않아도 괜찮은, 거예요. 이제까지처럼 대해 주세요."

"그렇게 이야기해도……."

담담한 노바와 이리저리 표정이 바뀌는 유이한테서 시선을 돌리자 어스름한 바깥 풍경이 시야에 들어왔다. 수도에서 벗어난 뒤로도 계속 흐린 하늘이 이어지고 있었다. 가도의 나무들을 보기에는 바람도 강해지는 모양이었다.

짚을 실은 짐수레나 무거워 보이는 짐을 짊어진 사람들 옆을, 마차는 순조롭게 달려갔다. 이렇게 간다면 비가 내리기 전에 오늘 목표인 역에 다다를 것이다.

시선을 마차 안으로 되돌리고 "그러고 보니"라며 익스는 입을 열었다.

"뭔가요?" 유이가 고개를 갸웃거렸다.

"아까 마녀한테 협박당한 이인조 말인데, 그 녀석들은 어디서 마녀랑 만났다고 그랬지?"

"아, 그 문제가 있었군요."

"그게 도서관이라면 이야기는 빠를 텐데."

"어느 촌락, 이라고 해요."

"촌락? 레이레스트가 아니라?"

"레이레스트 근처에 있다고 해요. 마을 이름은 노츠윌."

"노츠윌——?"

"아는 마을인가요?"

"아니…… 하지만 언제인가 들은 기억이 있어." 익스는 몇 번 눈을 깜박였다. "뭐였더라…… 틀림없이 어디선가 들었을 텐데."

머릿속 깊은 곳을 자극했지만 도저히 나오지가 않았다. 한동안 신음했지만 떠오를 것 같으면서도 떠오르지 않는 답답한 상태가 이어질 뿐이었다.

고민하는 그를 보고 유이가 도우러 나섰다.

"뭐, 가까운 마을이라면, 레이레스트에서 조사하면 알 수 있지 않을까요?"

"그렇기는 하지만, 으음……." 익스는 머리를 부여잡았다.

"저기, 노바 씨는 혹시 알고 있나요?"

"아뇨."

역시나 "예"라는 대답이 돌아오지는 않았다.

3

레이레스트에 도착한 유이는 의아해하는 표정으로 밖을 바라봤다.

올해 여름에도 그녀는 이 도시를 방문했는데, 그때와는 거리가 꽤 달라 보였다. 공통어로 말하자면 붕 떠 있다, 그런 식이 될까. 통행인은 마음이 들뜬 모습이라 지면에서 붕 떠 있는 것 같았다.

사람만이 아니라 거리도 그래서, 길과 맞닿는 건물의 벽은 화려하게 장식되어 있었다. 길가에서 나무로 조립하는 거대한 인형을 만드는 사람도 있었다. 상업 도시로서 떠들썩한 것은 항상 그렇다지만 아무래도 이렇게나 들뜬 분위기는 평소와 비교할 바가 아니었다.

"축제야." 밖을 빤히 보고 있었더니 익스가 그리 말했다.

"축제?"

"고기 저장제──수확제야. 수도에서도 하잖아?"

"일 년의 수확에 대해 신께 감사를 바치는 축제, 예요." 갑자기 노바가 입을 열었다. "기뻐하는 모습이 흥겨울수록 신을 향한 감사도 크다고 여겨지죠. 악기, 노래, 행진 등등, 도시에 따라서 형태는 다양한 모양이지만. 올해의 달력으로는, 사흘 뒤에 진행될 예정, 이네요."

"아…… 그러고 보니."

확실히 작년 이 시기에 무언가 있었다. 유이는 그 사실을 떠올렸다. 그때 자신은 방에 틀어박혀 있었지만 밖에서 전해지던 야단법석을 기억하고 있었다. 너무 시끄러워서 그날 밤에는 잠들지 못했었다.

그것이 수확제였나…….

루크타에서도 비슷한 행사는 있지만, 기침 한번 허락되지 않는 엄숙한 의식으로, 왕국의 그것과는 양상이 무척 달랐다.

익스가 계속 설명했다.

"명목은 그렇지만 요컨대 대규모 잔치겠네. 고기를 먹고 술을 마시고, 하룻밤 잔치를 계속하는 행사야. 고기 저장제를 계기로 맺어진 남녀도 많다든지──."

"어, 이제 대략 알았어요." 유이는 한숨을 내쉬었다. "신파 사람들이 눈썹을 치켜세울 것 같은, 그런 일이네요."

신파란 말레교의 종파이다. 현재 왕국의 주류인 구파를 상대로 그들의 권위주의를 비판하고 각자의 노동이야말로 신이 뜻하시는 바이다, 그리 주장하는 집단이었다.

"글쎄…… 구파든 신파든, 실질적인 의의는 인정하지 않을까."

"떠들썩하게 굴고 싶을 뿐이지 않을까요?"

"뭐, 그런 생각이기는 할 테지만 시기의 문제가 있지." 익스는 어깨를 으쓱였다. "작년에 체험했을 테지? 겨울의 왕국은 대개 하늘은 흐려서 어둡고, 눈이 내리면 꼼짝도 못 해. 그러니까 그렇게 되기 전, 가을의 끝에 마음껏 떠들며 인내의 계절에 대비하는 거지."

"참가한 적 있나요?"

"없어." 익스는 곧바로 대답했다.

"……그럴 거라고 생각했어요."

냄새나 편의성이라는 점 때문에 역은 도시로 들어오자마자 바로 있어서, 세 사람은 그곳에서 도시의 중심부로 향했다. 부유층 대상의 점포나 가옥이 늘어선 구역이었다. 도서관은 그 근처에 있었다.

하지만 도중에 노바가 걸음을 멈췄다.

"왜 그러나요?" 몇 걸음 지나친 유이는 돌아봤다.

"잠깐 따로 행동을 해도, 될까요?" 노바가 작게 말했다. "조사하고 싶은 게 있어요."

"어…… 저기, 노바 씨를 부른 건 귀족인 마리 씨와 원활하게 만나기 위한 게 아니었나요."

"관장님이라면, 도서관에 가면 만날 수 있을 터, 예요. 아까
두 사람 모두 면식이 있다고 말씀했죠."

"어디서 뭘 조사하러 가지?" 익스가 물었다.

"교회에서, 노츠월에 대해서 조사할게요. 유이 씨의 목적은
그쪽, 이니까, 나중에 필요해질 것 같아서요. 귀족 쪽이 더 편하
게 조사할 수 있어요."

"뭐, 그럴지도 모르겠지만요……."

"장소는 아나?"

"아뇨."

레이레스트의 대략적인 지리를 가르쳐 주고 만날 장소를 결정
한 뒤, "그럼 잠시 후에"라며 인사하고 노바는 떠났다. 금세 혼
잡한 인파에 뒤섞여서 자그마한 뒷모습은 보이지 않게 되었다.

둘이서 나란히 걷다가 익스가 고개를 갸웃거렸다.

"노바와 언제부터 함께 있었지?"

"최근이에요. 방학이 끝난 뒤예요." 그 방학을 경계로 유이는
그때까지의 친구와 소원해졌지만, 그 구멍을 메우듯이 나타난
것이 노바였다. "강의실에서 얼굴을 본 적은 있었지만, 이야기
를 나누게 된 것은 예의 그 일 이후예요. 함께 있다고 할까, 따
라다닌다는 느낌이지만요."

"도와줬다는 그건가. 모험가 일도 그렇고, 괜찮나? 수도에서
몹시 성가신 일에 휘말려 드는 모양인데."

"뭐, 휘말려 든다고 할지 뭐라고 할지……."

"조심해. 그 지팡이는 강력하지만 섬세하기도 해."

"굳이 따지자면 지팡이 탓인데 말이죠."

"무슨 소린지 못 알아듣겠네."

"못 알아듣도록 말했어요."

"……그건 뭐야." 익스는 진지한 표정으로 고개를 갸웃거렸다.

사실 유이가 엮인 사건은 익스에게 이야기한 두 가지만이 아니었다. 학교로 돌아온 뒤, 그녀는 번번이 수도로 나와서는 눈에 띄는 성가신 일에 끼어들었던 것이다.

그것도 모두 아버지로부터 물려받은 마법 지팡이에 응하기 위해서였다. 이 지팡이에는 '지극히 선량'이라는 특수한 성질이 있어서 그야말로 선량한 마음이 아니라면 사용할 수 없다. 지팡이에 상응하는 인물이란 무엇인가. 그리 생각해서 최근의 그녀는 계속 남들을 돕는 행동을 한 것이었다.

"영문 모를 녀석이군." 익스가 말했다. "왕국의 귀족인 주제에 동방의 백성과 이렇게 접하다니. 어지간히도 도움을 받은 걸 감사하고 있나……."

"으음, 어떨까요……." 유이는 말끝을 흐렸다. "굳이 따지자면 저한테는──."

"뭐지?"

"어, 아뇨. 추측으로 해도 될 말이 아니니까요."

두 사람에게 레이레스트는 익숙하게 다닌 장소라서 헤매지 않고 도착했다. 유행을 타고 세워진 만큼 무척 화려한 외관의 시설. 한편으로 책장을 채운 서적의 절반은 적당히 그러모은 종이

다발이었다.

이곳에는 축제의 시끌벅적한 분위기가 침입하지는 못하는지 도서관은 외장도 내장도 차분했다. 애당초 이용자가 소수였다. 독특한 냄새가 코를 찔렀다. 여름에 몇 번이나 다니며 그저 책을 읽던 기억을 유이는 떠올렸다.

안쪽을 향해 똑바로 나아가자 구분된 공간이 있고 눈을 반쯤 감은 남자가 앉아 있었다.

"알겠나요, 익스는 조용히 있어요"라고 아까 속삭여 뒀다.

"어째서——."

"됐으니까요." 그를 제압하고 유이는 앞으로 나섰다. "죄송해요, 잠깐 괜찮을까요."

"어…… 예?" 누군가 말을 건네는 일 따위는 거의 없는지 놀란 모습으로 남자를 고개를 들었다. 후드를 뒤집어쓴 유이와 등 뒤의 익스에게 시선이 움직였다.

"이곳의 관장님과 만나고 싶은데요……."

"아, 어, 누구십니까?"

"아, 실례했어요." 품속에서 학생증을 꺼내서 책상에 놓았다.

"학생……." 눈을 살짝 가늘게 뜨며 확인하고, 남자는 눈을 깜박였다. "관장님?"

"예."

"전데요."

"……예?"

"……어?"

유이는 한동안 남자의 멍한 표정을 관찰했다. 자신도 같은 표정을 띠고 있으리라.

짧은 백발의 남자였다. 눈은 작고, 어깨를 움츠리고 있어서 나이 들어 보였다. 이곳에서 일하고 있으니까 귀족일 테지만 복장도 그렇고 말투도 그렇고, 아무래도 살림에 찌는 분위기를 풍긴다. 조금 더 솔직하게 말하면 가난해 보였다.

"저기, 그게……"라며 남자가 시선을 헤맸다.

"아, 죄, 죄송해요." 유이는 머리를 숙였다. "분명히 이전에는 나이가 있으신 여성께서 관장님이었다고 기억하는데……."

"아, 아아." 그는 과장스럽게 끄덕였다. "그런 이야긴가. 예, 지난달부터 관장 직함을 물려받아서, 지금은 제가. 전에 하던 사람은 저희 숙모입니다."

"그분은, 지금은?"

"으―음, 나이가 나이시라 은거 생활을 하시면 어떠실지 전부터 이야기를 드렸는데, 역시나 몸에 부담이 온 모양이라. 주위 사람들이 반쯤 억지로, 예."

"설마―."

"아니, 살아있어요." 남자는 쓴웃음 지었다. "하지만 좋지 않은 상태인 건 맞아요. 그렇다고 해도 기습적으로 얼굴을 비치시니 마음이 편하지를 않습니다만……."

"확인하고 싶은데, 성함은 마리 씨―가 맞나요?"

"어, 제 이름?"

"숙모님이요."

"아, 그런가. 그래요. 그렇다면 역시 숙모께 용건이 있군요?"

"그렇기는 한데—— 만나서 대화를 나누는 건 가능할까요?"

"으—음, 어떨까요……." 남자는 팔짱을 끼며 천장을 올려다봤다. "찾아가더라도 친척이 아닌 사람이라면 조금 힘들 거라 생각하는데……. 용건에 따라서는…… 어떨까요. 아, 저기, 용건은 뭡니까? 제가 듣고 전달해 드리는 정도라면 가능한데."

"마리 씨가 관여했던 지팡이 벽 수리에 대해서 여쭙고 싶어요. 기술적으로 특이한 점이 있어서, 이야기를 들려주신다면 좋겠어요. 60년 정도 전의 이야기지만요."

"60년 전?" 목소리가 완전히 뒤집어졌다. "아, 죄송합니다. 허어, 지팡이 벽 수리……? 그런 이야기는 들은 적이 없는데, 학교 과제 같은 겁니까?"

"그런 거예요."

"으—음, 뭐, 일단 전달을 해보겠습니다만……."

"잘 부탁드려요."

도서관을 나왔더니 비가 내리고 있었다. 공기를 적시는 가랑비라서 이 정도를 신경 쓰는 왕국 백성은 없다. 두 사람은 묵묵히 걸었다.

익스가 복잡한 표정으로 입을 다물고 있었기에 유이가 대신 입을 열었다.

"……갑자기 막다른 곳에 다다른 기분이 드네요."

"그러게." 익스는 입가를 손으로 덮었다. "하지만 몸 상태가 나빠져서 저택에 있다면, 지팡이 벽 사건에 대해서는……."

"뭐, 관계가 없다면 그것대로 괜찮겠지만요." 유이는 양쪽 손바닥을 위로 향했다. "하지만 이렇게 되면 마녀의 소문은 역시 소문이었다는 이야기가 되겠네요. 적어도 죽지 않는 인간은 몸이 나빠져서 은퇴하진 않겠죠."

"……그건 처음부터 명백했잖아."

"그런가요? 저는 전혀 말도 안 되는 이야기는 아니라고 생각했어요."

"불사의 존재가? 그런 바보 같은 이야기──."

"용은 있었잖아요?"

그러자 익스는 고개를 숙이고 침묵해 버렸다.

용── 무한한 마력을 지니고서 인간에게 다양한 보물을 주고, 그리고 천 년 이상 전에 멸종되어 버렸다는 강력한 생물. 각지의 전설에 반드시 그려지고, 그 존재가 다루는 『용의 마법』은 만능의 ──인간에게는 불가능한── 마법을 가리키는 용어이기도 했다.

익스와 유이는 그런 전설 속의 존재를, 만난 적이 있다. 천 년 만에 인간과 대화를 나눈 용은 자신의 심장을 둘에게 주고 이번에야말로 지상에서 모습을 감추었지만── 어쨌든 단순한 전승이나 전설이라고 가벼이 여겨서는 안 된다. 익스도 이해하고 있을 터.

불사도, 사람을 먹는 것도, 지팡이 벽을 해제한 것도 절대로 불가능하다고 단언할 수는 없다. 그것이 마녀의 전승이라고 하면 일고의 여지가 있다.

실제로 그렇게 해서 그들은 용과 만났으니까…….

약속 장소는 도시 동쪽에 있는 광장이었다. 이곳도 축제 준비로 바쁜지 성질 급한 젊은이가 부산을 떨고 있었다. 광장 반대쪽에서는 관리로 보이는 사람이 눈을 번쩍이고서 도를 넘으면 곧바로 체포하겠다는 무언의 압력을 가하고 있었다.

노바의 모습은 금세 발견했다. 양옆으로 키가 큰 인물 사이에 끼어서 갑갑해 보였다.

"아, 노바 씨." 손을 흔들며 유이는 다가갔다. "기다렸나요? 그쪽은 빨리 끝난 모양인데요."

"마침 발견했으니까요." 노바는 목을 움츠렸다.

"뭘 말인가요?"

"나야."

갑자기 유이의 시야를 검은 것이 뒤덮었다. 한순간 무슨 일이 벌어진 건가 혼란스러웠다. 몇 걸음 뒤로 물러나자 남자의 얼굴이 보였다. 검은 옷을 입은 남자가 사이로 끼어든 것임을 간신히 인식할 수 있었다.

여윈 중년 남자였다. 조형이 짙은 얼굴이지만 뺨은 홀쭉하고 눈빛에도 패기가 없었다. 수염을 마구잡이로 기르고 머리카락은 어중간하게 길어서, 물에 젖으니 더더욱 초라했다. 하지만 입고 있는 것은 검은색 법의였다. 그러니까 말레교의 성직자라는 의미지만 도저히 그렇게 보이지가 않았다. 길가에서 구걸을 하는 편이 어울렸다.

"여." 그는 한 손을 들었다.

"당신은……."

"기덴즈." 그러고는 오른손을 내밀었다. "노츠월에서 강독사(講讀師)를 맡고 있다. 너희는 어디서 들었지?"

"뭘 말인가요?"

고개를 갸웃거리자 기덴즈는 씨익 웃었다.

"마녀 말이야."

4

"이것 참, 지독하네." 가게를 얼핏 보고 기덴즈가 중얼거렸다. "정말로 여기가 맞나?"

대답하지 않고 익스는 문을 열었다. 가게 앞에는 누구의 모습도 없었다.

"누님?" 하고 안쪽으로 말을 건네자 덜컹덜컹 소리가 들렸다. 가게에 있는 모양이었다.

사저 모르나의 마법 지팡이 가게였다. 익스가 신세를 지는 곳이자 현재는 수습 신분으로 여기서 일하고 있었다.

난잡하게 쌓인 소재와 질서정연하게 진열된 지팡이로 둘러싸인 가게 안으로 들어왔다. 중간 정도까지 나아갔을 때, 방 안쪽의 문이 기세 좋게 열렸다.

"이, 잇 군."

그곳에 서 있던 것은, 그렇다고 할까 엉거주춤하게 휘청휘청 몸을 흔들고 있던 것은 지극히 건강하지 못한 여성이었다. 병적으로 하얀 피부와 등을 웅크리느라 줄어든 키. 허리까지 닿는 덥수룩한 머리에 기운 자국이 가득한 옷을 입고 전체적으로 너 저분했다. 물론 이런 인간은 왕국에 하나밖에 없다.

"히, 히히히히, 이, 잇 군…… 그에."

꺼림칙한 목소리를 높이며 접근하는 모르나의 머리를 익스는 순간적으로 눌렀다. 메마른 머리카락의 감촉이 손에 남았다. 무 표정하게 그녀에게 물었다.

"오토는 어디 갔어?"

"어, 어, 어쩐지, 며칠 오지 못하게 되어서…… 그, 그래서."

"계속 가게를 닫고 있었지?"

"그, 그래. 자, 잘 왔어, 잇 군."

익스는 말없이 자신의 등 뒤를 가리켰다.

"뭐, 뭐야……?" 슬며시 밖을 본 모르나의 얼굴이 창백하게 물들었다. 그대로 입가를 가렸다. "욱……."

"여기서 토하지 마, 청소하기 귀찮아." 그녀를 부축해서 안으로 이끌며 익스는 고개를 돌려 말해다. "마음대로 들어와. 두 사람을 처음 대면하는 건 자극이 너무 강했나봐."

대화를 할 장소가 필요해져서 모두를── 다시 말해 유이, 노바, 기덴즈를 가게로 데려온 것이었다. 토하는 경우는 무척 드물었다. 아마도 최근 며칠 동안 아무도 만나지 않은 반동이리라.

뼈가 앙상한 등을 문질러 주며 실내를 둘러봤다. 수도로 출발하기 전보다 명백하게 지독한 모습이었다. 청소도 식사도 변변히 하지 않았을 것이다. 오토가 없다면 어쩔 수 없는 일이긴 하지만······.

그녀가 진정된 것을 확인하고 가게 앞쪽으로 돌아왔다. 어질러져 있지만 발을 내디딜 곳이 있는 만큼 다른 방보다 나았다.

"모르나 씨, 괜찮나요?" 불안한 표정으로 유이가 기다리고 있었다.

"그래, 문제없어. 조금 쉬면 금세 돌아올 거야."

둘러보니 방 구석에 오도카니 앉은 노바가 시야에 들어왔다. 무릎에 손을 얹은 자세 그대로 미동도 없었다. 자신의 역할은 다했다, 그러는 것만 같았다.

"오, 이제 괜찮나?" 진열된 지팡이를 살펴보던 기덴즈가 이쪽으로 고개를 돌렸다. "지팡이의 품질은······ 나로서는 모르겠다만. 이건 아까 키 큰 누님이 만들었나?"

"그래."

"흐—응······ 당신이 만든 건?"

"어떻게 내가 지팡이 장인이라는 걸 알았지?"

"아까 악수했잖아." 귀찮다는 듯이 기덴즈는 오른손을 펼쳤다. "이상한 위치에 굳은살이 박혔어. 장인의 손은 쉽게 알 수 있지. 이상한 도구만 사용하니까. 이것 참, 그런데 이런 낡아빠진 지팡이 가게가 있을 줄이야. 막대기에 고가를 매겨서 바가지를 씌우는 게 당신들의 방식 아닌가? ······이런, 농담이야."

그는 익스의 어깨에 손을 얹었다.

"미안하네. 지팡이를 못 사서 고생한 지인이 있어서 말이지, 그만 험한 말이 나왔어."

"……노츠월의 사제, 인 거지?" 수상쩍다는 시선을 보냈다.

"그러니까 사제는 아니라고. 나는 그저 강독사. 교회도 없을 법한 작은 마을을 돌면서 성전이나 성가를 들려주는 일이야. 노츠월의 경우에도 정식 사제님은 따로 있어. 뭐, 나는 만난 적도 없지만."

익스는 턱에 손을 대고서 상대를 응시했다.

"이것 참, 그렇게 보지 말라고. 물어보고 싶은 게 있잖아? 나도 모레에는 이 도시를 떠나니까 말이야. 물어볼 거라면 빨리 해줘."

"어디로 가시나요?" 유이가 물었다.

"간다고 할까, 노츠월로 돌아갈 거야. 그쪽의 고기 저장제에 나가야 돼. 지금은 마을 영감님을 도우러 왔지. 축제에 필요한 걸 사러 간대서. 나도 마을을 순회하느라 **이쪽**이 허전해졌고——." 그는 술술 이야기했다. "뭐, 내 이야기는 됐나. 그래서 뭐, 교회에 들른 참에 거기 아가씨한테 붙잡혀서."

손가락으로 가리키자 노바가 작게 고개를 끄덕였다.

역시 아무 말도 안 하는군. 기덴즈는 그러면서 고개를 가로저었다. 다시 두 사람에게 시선을 되돌렸다.

"그래서 당신들, 대체 어디서 마녀에 대해 알았지?"

"기, 기다려 주세요." 유이가 손을 내저었다. "그러니까 당신은 마녀를 아시는군요? 노츠월에 있나요?"

"……먼저 물어본 건 나인데." 기덴즈는 이를 드러내며 웃었다. "뭐, 됐나. 어어. 그래, 아가씨. 노츠월의 숲에는 마녀가 살고 있어."

간단하게 말하자 익스와 유이는 무심코 시선을 마주했다. 기덴즈는 입가에 미소를 머금고 이쪽을 바라봤다.

몇 초의 침묵 후, 익스는 천천히 물었다.

"너는 본 적이 있나? 그…… 마녀를."

"물론이지. 나만이 아니라, 마을 녀석들도 한 번은 본 적이 있어. 어찌 됐든 매년, 고기 저장제가 벌어지는 밤에는 나타나니까."

"허어?" "예?"

익스와 유이의 놀란 목소리가 겹쳐서 울렸다.

"자, 무례한 행동을 두 번이나 눈감아 줬어. 다음에는 내 질문에 대답해야겠어." 그는 두 사람을 날카로운 시선으로 노려봤다. "알겠나, 마을 녀석들도 안다고 그랬지만 녀석들은 결코 마녀에 대해서 누설하지 않아── 당신들은 대체 어디서 이 이야기를 알았지?"

지팡이 벽 사건에 대해서는 감추고 일단 수도에서 붙잡은 모험가에 대해서만 설명했다.

이야기를 마치자 기덴즈는 팔짱을 끼고서 "그렇군" 하고 중얼거렸다. 미간에 주름을 만들고는 한동안 무언가 생각했다.

"아쉽지만 그 모험가에 대해서는 몰라. 마녀가 평소에 뭘 하는지도 모르고. 그러니까 나는 아무 말도 할 수가 없어."

"예를 들면, 그 숲에 에네드는 서식하지 않나요?" 유이가 검지를 세워들었다.

"글쎄. 아무도 숲에 들어가지는 않고, 하물며 뭐가 살고 있는지는……."

"숲에 들어가지 않는다?" 익스는 미간을 찡그렸다.

숲은 자원의 보고이다. 왕국에서는 특히 귀중해서 삼림을 둘러싸고 분쟁이 벌어지는 경우도 드물지 않다. 마수의 서식지라면 이야기는 또 다르지만, 근처에 마을이 있다면 위험한 생물은 없다는 의미. 순식간에 사람의 손길이 미칠 터.

"그야 얕게는 들어가지. 장작 따위가 필요하니까. 하지만 깊은 곳까지 들어가는 유별난 녀석 따위는 거의— 아" 하고, 그때 기덴즈는 무언가 깨달은 듯 미소 지었다. "그런가. 당신들, 혹시 못 들었나."

"뭘 말이죠?"

"아까 마녀는 고기 저장제 날 밤에 나온다고 했잖아? 그건 딱히 함께 춤을 추고 싶어서 나오는 게 아니야. 마녀한테도 수확제거든."

"그건—."

"사람을 먹으려고. 우리가 술을 마시고 고기를 먹는 것처럼, 마녀는 인간을 먹지. 그러니까 마녀가 나타나면 축제는 그것으로 끝. 어느 녀석이든 집에 틀어박혀서 아이가 끌려가지 않도록 필사적으로 지켜. 그런 무서운 녀석이 숲에 사는 거야. 그러니 아무도 다가가지 않고 어디 흘리지도 않지. 찍혔다가는 버틸 수가 없으니까."

"…………."

무슨 말을 하면 좋을지 알 수가 없어서 익스는 중간까지 벌렸던 입을 다물었다. 아마 유이도 비슷한 상태이리라.

"할 말도 없다는 표정이군." 두 사람의 얼굴을 번갈아서 본 기덴즈가 적절하게 평가했다. "그러니까 마녀야. 그저 강력한 마법사가 아니라는 이야기지."

"……실제로 먹힌 인간이 있나? 그런 말뿐인 게 아니고?" 어떻게든 익스는 물었다.

"흐흥, 전에 나도 그렇게 생각해서 조사했거든. 그랬더니 말이야, 제대로 교회에 기록이 남아 있었어." 기덴즈는 미소를 무너뜨리지 않고 계속 말했다. "그래, 분명히 먹혔어. 먹혔다고 할까, 『특수한 사정으로』 축제 날에 마을에서 사라진 인간이 있지. 전승 같은 옛날이야기만이 아니라고? 마지막으로 사람이 먹힌 것은 18년 전이니까 이 눈으로 본 건 아니지만, 그래도 마을 녀석들은 겁먹은 것 같았어. 축제 날 밤에 갓난아기를 하나 먹었다──고."

"갓난아기?"

"기록에는 갓난아기라고만 적혀 있었어. 이름도 붙기 전에 먹혔다고."

끔찍한 이야기가 다 있지, 그러면서 그는 어깨를 으쓱였다.

"갓 태어난 아기였다더군. 어머니는 병으로 출산 당시에 죽어버려서……."

"병? 아버지는?"

"그게…… 원래부터 아버지는 없었을 거야."

"그런가……." 익스는 순간적으로 시선을 피하고 입가를 손으로 덮었다. 한 번 천천히 호흡했다. "……그, 어머니의 병이라는 건 뭐였지?"

"어? 갑자기 물어봐도 말이지. 그거, 중요한가?"

"아니, 그게…… 예를 들면, 그러니까, 시기적으로는 파뇌병(破腦病)——소니므가 유행했을 무렵이잖아?"

"허……? 어…… 아, 그래그래. 듣고 보니 떠올랐어. 그래, 분명히 어머니는 소니므에 걸렸지. 그렇게 읽은 기억이 있어." 기덴즈는 어안이 벙벙하다는 표정으로 수긍하더니 고개를 갸웃거렸다. "어라? 하지만 이상하네. 소니므에 걸린 부모한테서 살아 있는 아이가 태어나다니……."

갑자기 다리에 힘이 들어가지 않아서 익스는 가까운 의자에 풀썩 주저앉았다.

넋을 놓은 표정으로 공중을 바라봤다.

그러니까……?

설마…….

"익스, 괘, 괜찮아요?"

유이가 불안한 표정으로 정면에 서 있었다. 그러고 보니 그녀도 아는 것이었다. 시선을 향했더니 기덴즈와 노바도 이쪽을 바라보고 있었다.

"아아……." 멍한 말투로 익스는 말했다. "그…… 그 전은 기억하나?"

"어?" 기덴즈가 의아해하는 표정을 지었다.

"그 갓난아기 전에 먹힌 인간은?"

"어, 으음, 그러니까── 그래, 소녀야."

"소녀?"

"점점 떠오르네. 아직 어린 여자아이였고, 폭풍이 치는 날에 먹혔어. 그게 대략 80년 전. 그리고 그 전이──."

"80년?" 익스는 한 손을 들어 이어지는 말을 제지했다. "설마 그럴까 싶지만, 마녀는 불사── 같은 소리를 하려는 건 아닐 테지."

"뭐야, 그 이야기 쪽은 알고 있나?"

5

해가 기운 모습을 보고 기덴즈는 가게를 나갔다.

저녁을 사러 나간 유이가 가게로 돌아오자, 간신히 회복되었는지 모르나가 가게 앞쪽으로 나와 있었다. 익스와 무언가 대화를 나누는 모습이었다. 노바는 계속 잠자코 있었을 것이다. 가게를 나서기 전에 본 것과 같은 장소에 앉아 있었다.

"헤, 헤에에에, 언니의, 지팡이 벽, 인가……." 라유마타 이야기를 들은 모르나는 흥분한 기색으로 말했다. "후, 후히히, 괴, 괴, 굉장하겠지. 보고 싶네."

"누님이라면 그렇게 말할 거라 생각했지만……." 익스는 한숨을 내쉬었다. "이쪽은 당장에 문제투성이야. 마리와 만나지도 못했고, 마녀는 아무래도 관계가 없는 모양이고, 그렇다고 그대로 보고했다가는……."

"화낼까요?" 유이는 물었다.

"다시야. 그 사람이 원하는 성과를 내지 못하는 한, 언제까지고 계속하는 꼴이 되겠지."

"그렇군요……."

유이는 라유마타를 몇 번인가 만났을 뿐이지만 가면이나 복장 같은 겉모습에만 정신이 팔려서 어떤 인물인지 파악하지 못했다. 익스나 모르나에게 뒤처지지 않을 만큼 이상한 사람이라는 것은 알지만, 그것은 문지르의 수제자라는 정보를 들으면 알 수 있는 이야기였다.

넷이서 함께 저녁을 먹으며 화제는 자연스럽게 마녀 쪽으로 옮겨졌다.

"사람을 먹는다느니 죽지 않는다느니—— 뭐, 정말로 그럴싸한 느낌이기는 해." 팔짱을 끼고서 익스가 말했다.

"스, 스, 스승님이, 말한 거, 그, 그런 거야?" 모르나도 고개를 갸웃거렸다. "나는, 드, 들은 적 없는데."

"큰누님도 이전에 딱 한 번 들었다고 그랬으니까. 스승님의 헛소리일 가능성도 버릴 수는 없겠지만."

"하지만 기덴즈 씨의 이야기로는 실존하는 모양이네요"라며 유이는 지적했다.

"아직 그렇다고 확정된 건 아니야. 그 녀석의 이야기를 과연 신용해도 될지……."

"적어도 노츠월에 그런 전승이 있다, 그건 인정해야 하지 않을까요?"

"……그렇지, 노츠월." 익스가 손뼉을 쳤다. "누님, 노츠월이라는 마을에 대해서 들은 적 없어?"

"어, 어? 아, 아니, 들은 적 없……는데."

"그런가……. 그럼 지팡이랑 관계가 없나……?" 또다시 익스는 팔짱 자세로 돌아가고 말았다. "하지만 설마──."

그가 무슨 생각을 하는지, 유이로서는 알고 있었다.

20년 전 마녀가 먹었다는 갓난아기는 자신이 아닐까, 그는 그렇게 추측하는 것이었다. 익스는 원래 문지르의 가게 앞에 버려져 있던 갓난아기였고, 부모님도 그렇게 버려진 경위도 완전히 불명이었다. 20년 전이라면 나이도 맞고, 게다가 어머니가 소니므였다는 이야기가 결정적이었다.

소니므 임산부는 보통 사산을 맞이한다. 하지만 극히 드물게──왕국에서도 한 건밖에 기록은 없지만── 아이가 태어나는 경우가 있다. 다만 그 아이는 온갖 인간에게 존재할 터인 마력을 지니지 않았다고 한다. 익스도 선천적인 마력이 없는 인간이라서 어머니가 소니므를 앓지 않았을까, 그렇게 추측되었다.

하지만 가령 노츠월의 갓난아기가 그였다고 치면, 당연하지만 다양한 의문이 생겨난다.

이것은 라유마타의 부탁과는 관계없이 마녀를 조사하게 될 것 같다. 유이는 그리 생각했다.

"그런데." 노바가 불쑥 손을 들었다.

"우와악." 모르나의 몸이 경직되었다.

"죄송해요."

"아, 하, 하, 아, 아니……." 입을 뻐끔뻐끔 움직이며 그녀는 굳은 표정을 지었다.

"누님의 이런 행동에 일일이 반응할 것 없어. 끝이 없어지거든." 차가운 말투로 익스가 말했다. "그보다도 무슨 일이야?"

"아뇨, 조금 신경이 쓰였을 뿐, 인데요." 노바는 더듬더듬 말했다. "불사란 가능, 한가요?"

암묵적으로 피하던 화제를 들이밀자 셋 다 입을 다물었다. 하지만 마녀에 대해서 조사한다면 생각해야만 하는 것이리라.

"그건 일반 마법학이 다루는 분야에서 말인가요? 아니면 『용의 마법』을 포함하나요?" 전제가 되는 마력량이 무한한지 아닌지, 유이는 그런 취지의 질문을 했다.

"양쪽으로, 예요."

어쩐지 서로의 태도를 살피는 것 같은 침묵 뒤, 우선 익스가 발언했다.

"불가능하다, 난 그렇게 생각해. 물론 지금의 내 지식으로는, 그런 의미지만."

"이유를 들어볼까요."

"이유라고 할 정도로 엄밀한 건 아니지만, 간단해. 이 세상에 불사의 생물은 존재하지 않는다, 적어도 인식되지는 않아. 그렇지?" 그는 세 사람의 얼굴을 둘러봤다. "그런 이상, 그 마녀만이 특별한 존재라고 생각하기는 힘들어. 그게 음, 뭐라고 할까, 『상식적인』 판단 아닐까? 원리라기보다는 결과적인 이야기겠지만."

유이는 고개를 한 번 끄덕였다.

　"소박한 사고방식이지만 일반 마법학에서는 타당한 결론이라고 생각해요. 하지만 특수 마법학에 입각한 결론은 아니에요. 이 세상에 불사의 생물은 없다지만 그것들의 마력은 모두 유한해요. 가령 마녀가 무한한 마력의 소유자라면? 아실지 모르겠지만, 엘프의 긴 수명은 그들의 마력량에서 유래한다고 일반적으로 일컬어져요."

　"수명과 마력의 연관성은 근처 없는 속설이야." 익스는 고개를 가로저었다. "마력은 그저 힘의 바탕. 그것 자체로는 세계에 영향을 미치지 않아. 마법 지팡이로 변환하지 않는 한."

　확실히 그의 말이 옳다며 납득했지만, 이런 논의는 반박이 존재하면 더욱 깊어지는 법이다. 유이는 생각을 짜냈다.

　"그렇다고 단정할 수는 없겠죠"라며 그녀는 말했다. "저명한 마법사는 대체로 장수하는 경향이 있어요. 인과관계가 불명이라도 일정한 상관관계는 인정될 테죠. 그렇다면 현재 알지 못할 뿐이지 무언가 연관성이 있지는 않을까요? 이것도 원리가 아니라 결과적인 이야기예요."

　"제대로 받아쳤군."

　"뭐, 제 생각도, 익스의 생각도 그저 가능성을 제시했을 뿐이니까요."

　"가능성이 아니라 실제 이야기도 할까? 애당초 무한한 마력은 가능한가, 그게 가장 첫 문제가 될 것 같은데……."

　"근처의 생물로부터 마력을 얻고 있다면?" 유이는 용을 떠올리고 말했다. "불사에 대해서도 마찬가지예요. 수명을 늘리는 무언가의 힘에, 마력을 변환하는 마법을 쓸 수 있는 걸지도 몰라요."

"현시점에서 그런 마법은 예상으로도 존재하지 않을 테지."

"고대 숲 현자의 마법 중에는 지금도 해명되지 않은 것이 있다고 들었어요. 마녀도 그런 지혜의 소유자라고 생각할 수는 없을까요?"

"숲 현자의 마법이 불명인 건 자연 마법 지팡이의 흔들림이 원인이야. 뭐, 옛날 옛적의 지식이 현대의 지식을 능가했다, 그런 이야기에는 확실히 꿈이 있지." 익스는 한 번 고개를 끄덕였다. "하지만 말이야. 현재의 마법학은 몇백 명의 인간이 오랜 시간을 들여서 조금씩 축적한 거야. 십 년, 이십 년을 뛰어넘는 천재는 있어도 수백 년이나 앞서는 것은 아무리 그래도 비현실적이라고 생각해."

"으—음……."

대화의 응수가 일단 멈추고 두 사람이 각자 생각에 잠기자 부들부들 떨리는 손이 올라왔다. 유이는 눈을 동그랗게 떴다.

"모르나 씨?"

"저, 저, 저기, 이야기를 뒤집어 버릴지도, 모르겠지만……."

"예, 뭔가요."

"주, 죽지 않는다는 거, 어, 어떻게 확인할 수 있어?"

간결하지만 핵심을 찌르는 지적이었다.

'확실히……'라며 유이는 고개를 숙였다.

아무리 불사의 가능성을 논의해 봐야 그것을 확인할 방법은 존재하지 않는다.

기덴즈의 이야기로는, 교회가 처음 전국적인 조사를 진행한 600년 전의 기록에 이미 마녀로 보이는 존재가 기록되어 있었다고 한다. 마녀 그 자체가 아니라 에두르는── 그러니까 '특수한 사정으로' 마을에서 사라진 인간의 기록이지만.

하지만 그 기록이 보증하는 것은 600년 동안 마녀가 살아있다, 그저 그것뿐인 사실이었다. 상식을 아득히 뛰어넘는 긴 수명이기는 하지만 불사는 아니다.

다시 말해서 불사의 존재일지라도 관측자가 불사가 아닌 이상, 그것을 실제로 증명하는 것은 불가능하다는 의미다. 아무리 이야기를 나누더라도 가설의 영역을 벗어나지 않는 것이다.

적어도 불사의 원리를 생각해낸다면 그것이 지속 가능한지, 그런 관점에서 검토할 수 있겠지만 이 자리에 있는 넷에게는 무리일 듯했다. 생물이 죽는 이유도 해명되지 않았으니까 당연하다면 당연했다.

모르나의 그 말 때문에 더 이상 계속해서 논의할 수 없는 분위기가 되어 버렸다. 무엇보다도 마녀가 실존한다면, 축제 날에 직접 물어보면 그만이다. 그곳에서 잡아 먹히지 않는다면, 말이지만…….

"잘 먹었습니다"라는 노바의 말로, 대화는 큰 소득 없이 끝났다.

밖을 보니 이미 어두웠다. 익스는 물론이고 다른 두 사람도 가게에서 머무르게 되어 잘 곳을 비웠다. 물론 각자의 침실 따위는 없으니까 유이와 노바는 같은 방에서 자게 되었다.

"오늘은 고마웠어요."

단둘이 된 방에서 유이는 노바에게 머리를 숙였다.

"뭐가, 말인가요?" 그녀는 고개를 갸웃거렸다.

"기덴즈 씨를 찾아준 거 말이에요. 덕분에 마녀 조사가 무척 진전되었어요. 익스는 불만일지도 모르겠지만요."

"마리 씨, 말이군요."

"그쪽은 내일 또 검토하죠. 그래봐야 전언이 제대로 풀리기를 기도할 수밖에 없겠지만……."

그러네요, 라며 고개를 끄덕이는 노바를 곁눈으로 바라봤다.

앞머리가 얼굴 절반을 가렸고 말투 역시도 담담했기에, 익스와는 다른 의미로 그녀의 생각을 쉽게 알 수가 없었다. 감정의 파도가 없는가, 그렇게 생각할 만큼 평소와 같은 말투로, 아무런 생각도 하지 않는 것처럼 보이기조차 했다.

마녀인가…….

잠자리에 누운 유이는 멍하니 생각했다.

익스는 의심하는 모양이지만 '마녀'의 존재는 확실하리라.

그것은 기덴즈나 그 모험가의 이야기를 믿기 때문이 아니었다.

근거는 숲의 존재다.

노츠월에 숲이 있다면 그곳에 사람의 손길이 닿지 않는 경우가 과연 있을까?

마수가 확인되지 않고 레이레스트 근처라는 절호의 입지——.

그런 숲이 있다면 진즉에 채벌되었을 터. 자국이 침략당했기에 아는 바이지만 왕국의 백성——인지 말레교의 가르침인지 모르겠지만——은 숲을 보면 일단은 박살 내서 밭으로 만들려고 한다. 물론 자원을 얻고 식량을 생산하기 위해서지만, 조금 더 근본적인 부분에서 그들은 자연과 함께 산다는 사상이 없는 것 같았다. 모든 것은 신이 자신들에게 준 은혜, 따라서 마음대로 써도 된다고 생각한다. 신이 주었기에 신중히 사용해야만 한다는 루크타의 가르침과는 정반대. 어째서 이렇게까지 차이가 발생하는지 흥미가 솟구칠 정도였다.

그렇기에 그런 적절한 숲이 남아 있는 것은 이상하다고 유이는 생각했다. 그곳에는 무언가 이유가 있을 터—— 예를 들면 **무서운 존재가 살고 있어서 손을 댈 수가 없다**든지.

그때, 이미 잠들었다고 생각하던 노바가 중얼거렸다.

"……유이 씨."

"무, 무슨 일인가요?"

"왕국은 지내기에 어떤, 가요?"

"어떠냐고 그래도……."

"루크타로 돌아가고, 싶나요?"

그 물음에 유이는 즉답할 수 없었다.

"왜…… 그런 질문을 하나요?"

"큰 의미는 없어요."

"…………."

노바에게 이렇게 파고드는 질문을 받은 것은 처음이었다. 그녀쪽으로 고개를 돌렸지만 방이 어두워서 표정은 보이지 않았다.

잠시 침묵한 뒤, 유이는 말했다.

"솔직히 말해서—— 글쎄요. 저도 모르겠어요." 어둠 속으로 던진 말은 어딘가로 사라지지 않고 독백처럼 머리 위를 떠돌았다. "노바 씨에게는 감사하지만, 그래도 왕국이 지내기 좋다고 하지는 못하겠네요. 이 나라에 동방의 백성이 있을 곳은 없으니까요. ……하지만 돌아간 곳에서 제가 있을 곳은 없어요. 가족도, 친구도, 태어난 마을도 잃었어요. 루크타는 제 고국이지만 더 이상 고향이 아니에요. 돌아간다고 해도 할 수 있는 일 따위 아무것도……."

"저쪽에서는 존중받는 핏줄의 소유자, 인 거죠?"

"그건 그저 그것뿐이에요." 유이는 쓴웃음 지었다. "아니면 여왕이라도 하러 갈까요?"

"그런, 가요."

노바는 짧은 대답을 하고 입을 다물었지만 얼마 안 있어서 다시 입을 열었다.

"……이야기를 계속하겠는데요."

"제 앞길에 대한 이야긴가요?"

"저녁 식사 때 이야기, 예요. 그때, 불사의 생물은 확인되지 않았다고, 그랬죠."

"예? 예, 그러네요."

"그래서, 이전에 들은 강의를 떠올렸어요. 몇 년 전이니까 유이 씨는 모를 거라고 생각해요."

"어떤 내용인가요."

"불사의 생물은 있다, 고 그래요."

"아니, 어디에 말인가요?"

"어디에나."

1

레이레스트에 이런 장소가 있었나, 그런 신선한 기분으로 익스는 주위를 둘러봤다.

두터운 길 양옆으로 커다란 가옥이 늘어서 있었다. 가옥이라기보다는 저택이라고 불러야 하리라. 하나하나의 간격이 넓고 정원의 나무들이나 산울타리가 서로의 시선을 가로막고 있었다. 아침이라는 시간대임에도 불구하고 통행인의 모습은 거의 없었다. 저택에서도 인기척은 느껴지지 않아서 자기 말고는 아무도 없는 느낌이 가시지를 않았다.

중심부와도, 외곽부와도 다르다. 무척 조용했다.

정말로 맞는 건가 봉투에 적힌 주소를 확인했다.

이곳에는 익스 혼자서 왔다. 여럿이 올 법한 용무가 아니었다. 유이와 노바는 도서관으로 전언의 결과를 확인하러 갔다. 모르나는 평소처럼 가게에 틀어박혀 있었다.

목적지인 저택은 깊숙한 장소에 있는지 완만하게 구부러진 좁은 길이 이어져 있었다. 흐린 하늘 아래, 미지근한 바람이 불어 나뭇잎을 흩뜨렸다.

문득 움직이는 그림자가 보였다. 시선을 집중했더니 정원사 여성인 모양이었다. 작업복을 입고서 무언가 땅바닥을 뒤적거리고 있었다. 이쪽을 알아차린 기색도 없이 자신의 작업에 몰두

하고 있었다.

버석버석 낙엽을 밟으며 걸어가자 저택이 모습을 드러냈다. 불그스름한 석조 2층 건물이고 안쪽은 제대로 알 수가 없었다. 거대한 건물임은 분명했다.

현관은 튼튼해 보이는 문이라서 어느 정도의 힘으로 두드리면 안에서도 들릴지 생각하며 다가갔더니 반대편에서 저절로 열렸다. 아니, 문을 연 남자가 얼굴을 내밀었다.

"나는——" 하고 말하려던 참에 가로막혔다.

"잘 알고 있습니다. 안으로 들어오시죠." 그는 머리를 숙였다.

고용인일까. 거뭇한 옷에, 마찬가지로 검은 장갑을 꼈다. 옅은 색의 금발을 좌우로 넘겼고 얼굴은 연령 불상. 꼿꼿하게 서 있는 모습이 석상 같았다.

인도에 따라서 저택으로 들어가자마자 익스는 압도당했다.

대체 무슨 목적이 있는지 의문일 정도로 넓고 내부 장식은 호화로웠다. 라유마타의 가게도 비슷했지만, 이쪽은 더욱 휘황찬란했다. 장식된 그림이든 촛대든, 공들이지 않은 물건이 없었다. 방문한 사람이 놀라도록 만들려고 놓아둔 것으로밖에 여겨지지 않았다. 아마도 실제로 그것이 목적이리라.

등 뒤에서 작게 소리를 내며 문이 닫혔다.

"안내해드리겠습니다." 그러더니 남자는 우아한 동작으로 걷기 시작했다. "익스 씨, 라고 불러도 괜찮겠습니까?"

"달리 부를 이름은 없어."

"허어…… 그랬습니까. 실례했습니다."

"그보다도 어떻게 이름을 알고 있지?"

그리 물었지만 그는 의미심장하게 머리를 숙일 뿐이었다.

계단을 올라가서 벽에 거대한 유리로 장식된 층계참을 지났다. 2층으로 올라가자 바깥바람이 느껴졌다. 통로 한 면에는 벽이 없이 난간이 달려 있고, 그곳에서 내려다보니 안뜰이 있었다. 같은 통로가 좌우로, 반대편에도 이어져 있었다. 그러니까 안뜰을 건물이 사각형으로 감싸고 안쪽을 향해 트여 있는 구조였다. 안뜰에는 식물 외에도 둥근 탁자 따위를 들여놓고서 고용인들이 바쁘게 돌아다니고 있었다. 살기등등한 분위기라서 익스가 내려다보는 것도 알아차리지 못했다.

"참가자가 많은 연회는 여기 안뜰에서 열립니다." 남자가 말했다. "마침 오늘밤에도 예정되어 있습니다. 고기 저장제의 전야제, 그런 느낌일까요. 매년 돌아가면서 열리니까 가문의 격을 드러낼 중요한 기회입니다. 최근 며칠은 준비로 분주해서."

"개최할 수 있다면 좋겠다만."

익스가 올려다본 곳, 먹구름이 하늘을 뒤덮고 있었다. 공기는 습해서 언제 쏟아져도 이상하지 않은 날씨였다.

"강한 비만 아니라면 문제없습니다. 2층 통로에서 천을 펼쳐 비를 막습니다."

"실내에서 하면 될 텐데."

"그럴 수는 없습니다." 남자는 미소 지었다.

어째서 그럴 수는 없느냐, 그리 물어보려고 했지만 먼저 그가 "이쪽으로"라며 문을 열었다.

응접실일까. 이제 호화로운 것 때문에 일일이 놀라지는 않겠지만 그래도 차분하게 있을 수가 없는 공간이었다. 전체적으로 물건을 줄이는 편이 낫겠다고 여겨졌다. 안내에 따라 의자에 앉자 "잠시만 기다려 주십시오"라는 말과 함께 익스는 홀로 남겨졌다.

품에서 봉투를 꺼내어 한 손으로 빙글빙글 돌렸다. 현관 앞에서 이것을 건네고 냉큼 돌아갈 것을 그랬다며 후회하고 있었다. 무척 불편했다.

얼마 안 있어서 조금 전의 남자가 돌아왔다. 깃털처럼 얇은 그릇에 차를 따라주었다. 김이 나선형으로 피어올랐다.

"환대는 고맙지만――." 익스는 한 손을 펼쳤다. "그렇게 대단한 용건은 아니야. 이 봉투를 전달하면 그걸로 끝."

"수신인은 어느 분이십니까?"

"오브라일가의 책임자에게 건네줘, 라던데."

"제가 내용물을 확인해도 괜찮겠습니까?"

"글쎄……." 고개를 갸웃거리며 생각했다. "타인에게 내용물을 보이지 마라, 그런 소리는 없었어. 최종적으로 책임자의 손으로 넘어간다면 문제없겠지."

"그럼 실례하겠습니다."

남자는 맞은편 의자에 앉았다. 봉투를 뜯고 문서를 확인했다. 내용은 그다지 길지 않을 터.

오브라일가는 레이레스트에 거점을 둔 대상이다. 취급하는 품목은 다양해서, 이 도시에서 진행되는 수많은 거래와 엮여 있다. 원래는 외국 출신인 가문이라고도 들었지만, 소니므 유행기에 일약 세력을 확대하여 이제는 왕국 곳곳에 이름이 알려져 있다. 그들의 경제력과 정치력은 상위 귀족도 인정하는 바라고 한다.

익스가 그런 큰 가문을 방문한 것은 전적으로 라유마타의 지시였다. 듣기로는 지팡이 벽의 자물쇠를 거는 데 사용하는 자재를 오브라일가에 주문했다나. 다소 무리가 있는 주문을 들어주었으니까 그에 대한 감사장을 직접 전달해라, 그런 명령이었다.

"참으로 감사합니다." 문장을 끝까지 읽고 남자는 미소 지었다. "라유마타 씨는 고객이시니까 앞으로도 좋은 거래를 부탁드릴 수 있다면 그것으로 충분할 텐데. 답변을 드리는 편이 나을까요."

"어떻게 하든 상관없지 않을까." 익스는 적당하게 말했다. "하지만 책임자에게 보여주기 전에 먼저 답변해도 괜찮나?"

"그에 대해서는 문제없습니다."

그는 웃으며 가슴에 손을 댔다.

"저는 엘리온이라고 합니다. 오브라일가의 사남으로, 상거래에 대해서는 일정한 권한을 부여받았습니다."

"……엘리온 오브라일인가."

"엘리온 오브라일입니다."

"그렇군……."

"속이게 된 것 같아서 죄송합니다."

"지금은, 저택에 다른 가족은?"

"당주인 아버지와 어머니, 할머니, 그리고 형제가 현재 둘 정도 있습니다. 익스 씨와는 상성이 좋지 않다고 생각해서 마주치지 않도록 고용인에게 명령했습니다."

"배려에 감사하지."

"헌데 익스 씨, 조금 전에 달리 부를 이름은 없다고 그러셨습니다만——." 엘리온이 손을 깍지 끼고서 이쪽을 응시했다. "당신은 문지르 알레프 씨의 양자가 아닙니까?"

"어…… 확실히 그렇게 신고하기는 했지만 뭐, 그냥 제자야. 그래서?"

"성씨를 가지고 계신 게 아닌가, 생각해서. 그러니까 익스 알레프가 본명이 아닙니까? 혈연은 아니라고 해도 부자지간이 되었으니까."

"익스 알레프——?" 무심코 입가를 손으로 덮었다.

'그러고 보니…… 그렇군.'

듣고 보니 확실히 아들은 부모의 성을 물려받는 법이다. 아이만 성이 없는 집안 따위는 들어본 적 없다. 하지만 실제로 익스에게 성은 없다. 스승도 그렇게 말했고 호적상 그렇게 등록되어 있다. 알레프라는 성씨를 자칭하다니, 생각해 본 적도 없었다.

"저기, 불쾌하셨다면 죄송합니다." 입을 다문 익스를 보고 엘리온은 한 손을 펼쳤다.

"아니……."

"업무상, 아무래도 타인의 이름이 신경 쓰여서. 장사에서 가장 중요한 사항이니까요. 호칭 하나가 거래를 좌우하는 경우도 자주 있습니다."

"상인이라면 거래를 좌우하는 건 이해관계 아닌가?"

"저희는 귀족과도 교제가 있고, 그렇지 않더라도 상인답지 않은 상인과도 어울릴 필요가 있으니까요." 그는 쓴웃음을 흘렸다. "물론 좋은 면도 있습니다. 예를 들면 성으로 부르다가 이름을 부르는 방식으로 전환하면 친근함을 연출할 수 있죠. 그런 식으로 상대에게 접근하는 겁니다."

"그런 이야기인가." 그 감각은 썩 이해할 수 없었지만 수긍해됐다.

"예. 그리고 다른 나라에서는 성 뒤에 이름이 오는 지방도 있어서, 그것을 바탕으로 농담도 있을 정도라……."

적당한 부분에서 잡담을 마무리하고 익스는 돌아가기로 했다.

마시는 편이 나을 것 같아서, 손을 대지 않았던 차를 한 모금 마셨다. 이에 닿는 것만으로도 깨질 것만 같아서 미덥지 않은 도자기 그릇이었다. 조심스럽게 다시 탁자에 놓았다.

"그럼 편지는 전달했으니까." 그러면서 몸을 일으켰다.

"아, 자자…… 모처럼 오셨으니까 좀 더 느긋이 있다가 가시지요." 엘리온이 가볍게 손을 들어 막았다. "괜찮으시다면 오늘 연회에 참가하시지 않겠습니까."

"미안하지만 오늘은 다른 용건이 있어."

"서니르드 부인과 만난다──든지?"

익스는 동작을 멈추고 다시 앉았다. 무릎에 팔꿈치를 얹고, 손을 깍지 끼고서 물었다.

"……편지에 적혀 있었나?"

"아뇨아뇨. 죄송합니다, 아무래도 이런 장사를 하다보면 가만히 있어도 정보가 모여들죠. 부인의 상태가 결코 좋지 않다. 이렇다 할 관계도 없는, 게다가 평민으로서는 서니르드가에 들어가는 것도 어렵겠죠. 아마도 도서관의 친구 분께서는 안타까운 정보를 듣고 있지 않겠습니까.”

“조언에는 감사하지. 그다지 의미 없는 조언이지만…….”

“하지만 저희 오브라일가에는 들어올 수 있습니다.” 엘리온은 한쪽 눈을 찡긋 감았다. “이미 들어왔습니다. 그렇죠?”

“하고 싶은 말이 뭐지?”

“부인도 오늘 연회에 출석하십니다.”

“……몸은?”

“예. 좋지는 않은 상태입니다만, 최근 며칠은 비교적 양호하다며 오늘은 올 수 있다고 연락이 있었습니다. 용태가 급변하지 않는 한은 틀림없이.”

“출석하는 건 부자 녀석들이겠지? 귀족이니 상인이니……. 이런 가난뱅이라면 쫓겨나는 게 고작이지 않나.”

“딱히 출석할 필요는 없습니다. 이 방에서 대기하다가 때를 봐서 부르면 됩니다. 병자가 휴식을 취하러 가는 거니까 눈에 띄지는 않겠죠. 물론 친구분을 부르셔도 괜찮습니다. 잔치는 사람이 많을수록 즐거우니까요.”

“알고 있을지도 모르겠지만──.”

“친구분의 정체는 파악하고 있습니다.”

“그건 고맙다만…….” 익스는 미간을 찌푸렸다.

“그 밖에 걱정거리가 있습니까?”

"대가로 나는 뭘 하면 되지?"

"대가라니, 그런." 엘리온은 웃으며 손을 내저었다. "이건 수도의 지팡이 벽, 다시 말해서 국방과 관련된 일이겠죠. 왕께 충성을 맹세한 백성으로서 이 정도 조력은 당연한 일입니다."

"거기까지 조사했나……." 익스는 한숨을 내쉬었다. "저기, 정말로 국방과 관련된 일이라면 나 같은 게 아니라 나라에 속한 인간이 조사하겠지. 이번 일은 사실상 누님의 흥미가 이유야. 그 정도는 알겠지? 게다가 아까부터, 편지를 가져왔을 뿐인 심부름꾼한테 꽤나 후하게 대접해 주잖아. 일개 수습을 대접해 봐야 그에 걸맞은 이득은 없어. 무언가 조건이 있다고밖에 안 여겨지는데."

"으—음, 걱정이 많은 분이군요……."

"전에 지독한 꼴을 당했으니까. 부주의한 행동은 삼가고 방어적으로 행동하기로 했지."

"알겠습니다."

엘리온은 쓴웃음을 머금고 의자에서 일어섰다. "잠시 기다리시길" 하더니 방에서 나갔다.

한동안 그는 돌아오지 않았다. 차를 비우고는 그냥 돌아가도 될까, 익스가 그리 생각하기 시작했을 무렵에 또다시 문이 열렸다.

그곳에서 얼굴을 내민 것은 열 살 정도의, 키 작은 소년이었다.

엘리온과 같이 옅은 금발에, 입가에 미소를 머금고 있었다. 올곧은 시선으로 익스를 쳐다봤다.

"익스"라며 맑은 목소리가 울렸다.

"……오토?" 익스는 중얼거렸다.

모르나의 가게에 다니면서 그녀가 서투른, 그러니까 지팡이 제작 이외의 모든 업무를 맡고 있는 소년이었다.

방으로 들어온 엘리온이 등 뒤에서 오토의 양쪽 어깨에 손을 얹었다.

"오브라일가의 칠남입니다."

"……오토 오브라일인가."

"오토 오브라일입니다."

"그렇군……."

"우리 가문의 사람은 이 아이를 없는 존재로 취급하고 있습니다. 친하게 대해주는 건 여러분뿐입니다." 그는 깊이 머리를 숙였다. "익스 씨, 모르나 씨와 함께 항상 이 아이를 돌봐 주셔서 그저 감사할 따름입니다. 정말로 감사합니다."

"아니……."

그것은 오해이고 정확하게는 오토가 모르나를 돌봐주는 것이다, 그리 정정해야 할지 망설였지만 일단 애매하게 한 손을 펼쳐서 응해두었다.

2

"오토가 그 가문의?" 눈을 크게 뜨고서 유이가 말했다.

"자식이라는 모양이야, 아무래도." 익스는 어깨를 으쓱였다.

"매일 거기서 여길 다닌다던데. 누님은 이거 몰랐어?"

"어, 어, 어, 어?"

빤히 바라보자 모르나는 여기저기로 시선을 헤맸다. 어디를 쳐다봐도 포위당한 상태였기에 최종적으로 시선은 천장과 바닥을 왕복했다.

"이야기 안 했어." 오토가 짧게 말했다.

"어떤 집 출신인지도 모르고 도움을 받는 건, 아무리 그래도 문제가 있다고 생각하는데요……."

"으, 으으으으……."

일동── 익스, 유이, 노바에 오토까지 추가된 네 사람은 또다시 모르나의 가게에 모여 있었다. 모르나는 며칠만의 재회를 기뻐했지만 금세 화제는 이쪽으로 바뀌었다.

"익스도 익스예요. 이전부터 알고 지냈을 테죠?" 유이는 이마를 짚었다.

"가문의 규모 같은 건 굳이 안 물어보잖아." 익스는 무표정하게 대답했다. "작은 상인 가문의 아이라고 생각했어."

"성에 대해서는?"

"그야말로 아무래도 상관없지. 성이 없을 가능성도 있고."

"하아……."

유이는 한숨을 흘렸다. 그녀도 오토한테 물어보지 않았던 사람 중 하나였지만, 아무리 그래도 모르나는 파악하고 있었으리라 생각했던 것이다.

설마 이 정도일 줄이야…….

오토는, 지금은 노바를 가만히 보고 있었다.

"왜, 그러나요." 그녀는 고개를 갸웃거렸다.

대답하지 않고 오토는 시선을 정면으로 되돌렸다.

그건 그렇고 오브라일가도 아들이 이런 가게에 다니는 것을 잘도 허락했다. 제품의 질은 몰라도 남이 보면 망해가는 가난뱅이 가게. 그런 부분을 슬며시 물었더니 그것도 사정이 있었다며 익스가 말했다.

엘리온에게 들었다는 이야기와 오토가 중간중간에 중얼거린 단어를 종합하면, 그는 반쯤 사생아처럼 키워지고 있는 모양이었다. 실제로는 뛰어난 관찰력과 기억력을 갖춘 영재이지만, 그것이 너무 지나쳐서 통상적인 대화를 나눌 수 없을 법한 아이는 자랑스러운 자식으로 대할 수 없는 것이리라. 외부에 그의 존재를 아는 사람은 적고, 그래서 오토도 스스로 밝히려고 하지 않았던 것이다.

실질적으로 그에게 관여하는 것은 사남 엘리온뿐이고, 저택을 빠져나오는 것도 그가 감추어 주었다나. 오토는 안쪽 방에 감금당한 상태라서 굳이 보러가는 가족은 없다고 한다.

"그렇지만" 하고 엘리온은 말했다. "솔직히 아버지가 깨닫지 못했을 것 같진 않습니다. 아마도 모두 파악하고서 그냥 묵인하고 있겠죠. 만약에 오토가 유괴를 당하더라도 우리 집안의 약점이 되진 않으니까."

오토의 재능도 꺼림칙하게 여겨질 뿐이라 그 가문에서 활용될 일은 없으리라, 그것이 엘리온의 견해였다. 그렇기에 그를 받아들일 수 있는 모르나와 일행에게 감사한다고 했다. 평소에는 가게를 오갈 때에 고용인이 감시하는데, 최근 며칠은 연회 준비로 일손이 부족하다 보니 저택에 머무르고 있었다나.

유이는 고개를 내저어 마음을 다잡았다.

"관장님 쪽은 예상대로 실패했어요. 전언은 전해진 모양이지만, 역시나 외부인과 만날 수는 없다고. 그 연회에서 마리 씨를 만날 수 있다는 건 다행이에요. 오토 이야기가 있었다고는 해도 그렇게까지 도움을 받는다니……."

"아무래도 원래 저쪽도 마녀에게 흥미가 있었나봐."

"그건 또, 어째서?"

"유이가 붙잡은 이인조야." 익스는 시선을 위로 향했다. "녀석들, 에네드의 엄니를 잔뜩 가지고 있었잖아? 그런 느낌으로, 귀중한 상품이 한꺼번에 나돌면 시장이 혼란에 빠져. 혹시 그 혼란이 마녀의 노림수였다면―― 상인으로서는 곤란하다는 이야기지."

"거기까지 파악하고 있었나요……."

에네드의 엄니는 현재, 모르나의 거래 상대가 조금씩 시장에 유통시키고 있을 터였다. 역시나 도시를 좌지우지하는 대상인, 이라고 해야 할까.

"그건 그렇고 연회인가요……." 유이는 작게 중얼거렸다. "저는 참가하지 않는 편이 낫겠네요."

"방에서 나가진 않아." 오토가 말했다.

"그건 알지만, 수많은 사람이 모여 있겠죠? 만에 하나라도 얼

굴을 보는 사람이 없다고 단정할 수는 없어요." 왕국의 유력자가 모인 가운데, 동방의 백성이 있다는 사실이 알려진다면 어떻게 될까. 상상하기는 어렵지 않지만 구체적으로 문제가 어디까지 커질지는 짐작이 가지 않았다.

"이야기를 듣는 것뿐이라면 익스 혼자서도 충분하지 않을까요? 어, 아뇨, 당신의 대화 방식은 위험하겠네요……. 노바 씨도 같이 가는 편이 나을까요."

"여하튼 노바가 함께 가지 않아서는 곤란해."

익스가 그런 말을 꺼냈기에 유이는 조금 놀랐다.

"갑자기 어쩐 일인가요? 그렇게나 불안한가요?"

"불안?" 그는 의아하다는 듯 고개를 갸웃거렸다. "이런 연회의 경우, 남녀가 한 쌍으로 참가하는 게 일반적이라던데. 물론 이야기를 듣는 것은 다른 방으로 부른 다음이겠지만, 한 번은 연회 자리에 가서 마리한테 이야기를 건넬 필요가 있어. 그때 나 혼자서는 눈에 띄겠지. 엘리온은 거기까지 자기가 챙겨줄 수는 없다고 그랬어."

"어어, 음……." 유이는 잠시 할 말을 찾았다. "옷…… 그렇지, 옷은 어쩔 건가요? 고급스러운 옷 같은 건 없잖아요."

"엘리온이 옷을 빌려주겠다던데. 여성용 옷도 있다고 들었어."

"허어, 그건 또……."

"그렇다면 더 이상 선택지가 없겠지." 익스는 담담하게 말했다. "유이는 조금 전에 스스로 말했던 이유로 무리야."

"으음……." 그런 의상의 경우. 얼굴도 피부도 드러내야만

한다.

"그리고, 누님은──."

"느, 느, 나?!" 모르나는 허둥지둥 손을 내저었다.

"처음부터 기대하지 않았어. 아니면──."

"내가 여장한다." 기습적으로 오토가 말했다.

"어? 저기, 그건──."

"키 차이도 나이 차이도 너무 많아. 부자연스러워." 곧바로 익스가 부정했다.

"그런 문제도 아니라고 생각하는데요…….."

시험 삼아서 멋을 부린 모르나와 여장한 오토를 떠올렸다. 오토의 여장은 아마도 문제없을 것이다. 사람들의 시선을 끄는 소녀가 될 듯했다. 그리고 머리를 가다듬고 화장을 하고 호화로운 의상을 입은 모르나── 이것도 의외로 나쁘지 않을 것 같았다. 그렇지만 그녀의 문제는 외면이 아니라 내면에 있다. 모르는 타인이 대량으로 모인 장소에 내던져진다면 이제는 구토 정도로 그치지 않는다. 구토를 넘어선다면 과연 무엇일까. 몸이 폭발하기라도 할까. 뭐, 쓸데없는 망상은 제쳐두고…….

유이는 뺨에 손을 대고 고개를 끄덕였다.

"확실히 노바 씨밖에 없겠네요."

"게다가 귀족이라면 그런 자리에서의 예법도 알고 있겠지. 그러니까 부탁하고 싶은데, 문제없겠나?"

"예."

"어, 저, 정말로 괜찮나요?" 무심코 유이는 되묻고 말았다.

Illustrations copyright © Enji

"예. 업무의 일환, 이에요."

"그런가요……."

"유이 씨도, 와주세요."

"예?"

"같이 이야기를 듣는 편이 빠른, 법이니까요."

"……알겠어요."

그러자 익스가 의외라는 듯이 한쪽 눈썹을 들썩였다.

"괜찮나?"

"뭐가 말이죠?"

"아니, 딱히……."

"딱히, 뭐죠?"

3

오후부터 가늘게 비가 내려서 안뜰 위에는 가늘고 긴 천이 몇 장이나 펼쳐져 있었다. 2층의 통로 난간에 끝부분을 묶고 중심을 다른 끈으로 위쪽에서 펼쳤다. 이것으로 한가운데 물이 고이지 않고 끝으로 떨어지게 된다.

"……이래서는 안뜰의 모습이 안 보이네요." 난간에 손을 얹은 유이가 말했다. "마리 씨의 얼굴, 제대로 기억하죠?"

"대충은." 익스는 고개를 끄덕였다. "모르겠더라도 죽을 것 같은 노파를 찾으면 돼. 수가 그렇게 많지는 않겠지."

"…………."

무어라 형용할 수 없는 표정으로 유이는 입을 다물어버렸다.

그녀보다 더 옆에서는 노바가 멍한 모습으로 안뜰——의 위에 펼쳐진 천을 바라보고 있었다. 아직 평소의 헐렁헐렁한 옷을 입고 있었다. 오토도 같은 모습이었다. 그는 연회에 나가지 않는다고 한다.

다른 초대 손님이 오기도 훨씬 전에 네 사람은 오브라일가의 저택에 들어왔다. 평소에 오토가 사용하는 뒷문으로 들어와서, 준비로 바쁜 고용인들 옆을 통과했다. 그들에게는 엘리온의 은밀한 손님이라 전해두었다고 한다.

이윽고 서서히 손님이 모여들었다. 대화소리나 웃음소리 외에 사람이 모이며 발생하는 잡다한 소리가 2층까지 울렸다. 아마도 밑에서는 비가 천을 두드리는 소리도 적당한 배경음이 되고 있을 것이다.

악기를 연주하고 있는지 처음에는 하나, 둘이던 선율이, 이윽고 몇 겹이나 겹쳐진 선율이 되어 차분한 음량으로 전해졌다. 이따금 짝짝, 박수 소리가 울렸다.

연회가 시작되고 한동안 시간이 지났을 무렵, 남자의 큰 목소리가 들렸다. 무언가 인사를 하는 모양이었다. 이번에는 한 덩어리의 박수가 몇 번이나 울렸다. "올해 축제의 무사"라든지 "여러분의 조력이" 같은 말이 단편적으로 들렸다.

마리를 데려온다면 연회가 한동안 진행되어 도중에 자리를 떠도 문제없는 시간대를 노려야 한다. 아직 시간이 더 걸릴 듯했다.

일단 익스는 주어진 방으로 돌아와서 옷을 갈아입기로 했다. 우선은 입는 방법도 잘 모른다. 오토한테 가르쳐 달라고 해서 어떻게든 입을 수 있었다. 엘리온의 옷은 살짝 작았지만, 그것을 제외하더라도 갑갑한 옷이었다. 몸 여기저기가 죄어들어서 숨이 막혔다. 무의미한 장식이 많고 반대로 필요한 부품이 적었다. 어째서 이런 옷을 기꺼이 입는 것인지 전혀 이해할 수 없었다. 부자가 되면 인내가 미덕이 되는 것일까, 아니면 감각이 반전되는 것일까. 이제까지 보았던 것들을 생각하기에는 그럴 가능성이 높다.

노바도 유이와 함께 옷을 갈아입은 모양이었다. 여성의 옷은 남성의 옷보다도 한층 더 복잡한 구조다. 아마도 오토의 도움을 받더라도 자신은 못 입겠지 하고 떠올렸다.

돌아온 유이가 이쪽을 보고 입을 벌렸다.

"뭐라고 해야 할까요……." 그녀는 복잡한 표정을 지었다. "어울린다……고 말하기는 어렵지만, 뭐, 부자연스럽지는 않다고 생각해요."

"그런가, 그렇다면 문제없어. 그쪽도 괜찮겠어?"

"예."

준비된 의상은 노바에게는 살짝 큰지 소맷자락에 손이 반쯤 가려져 있었다. 앞머리도 여전히 양쪽 눈에 드리운 모습이었다. 하지만 신기하게도 위화감이 없었다. 익숙해서 그럴까.

비가 서서히 강해졌다. 그래봐야 그렇게까지 심하지는 않아서 연회는 무사히 진행되는 모습이었다.

"슬슬."

아래층의 분위기를 살펴보더니 오토가 중얼거렸다.

"상황은?" 그리 물었다.

"전체적으로 이동량이 줄어들고 있어. 집단으로 대화하는 사람이랑 쉬는 사람이 많아. 조금 더 있다면 꽤나 돌아가겠지." 막힘없는 말투로 그는 대답했다.

"마리는?"

"확률은 낮아."

"고마워, 오토." 감사를 전하고 익스는 노바에게 시선을 향했다. "갈까."

"예."

1층으로 내려가서 안뜰 주위의 통로를 걸었다. 안뜰에는 다소 불빛이 켜져 있지만 그만큼 이쪽은 그늘이 되어서 눈에 띄지 않았다. 고용인들이 종종걸음으로 오갔다.

연회장의 상황을 살폈다. 다들 호화로운 옷을 입고서 온화하게 담소 중이었다. 사전에 들었다시피 남녀로 행동하는 사람이 대다수였다. 수확제의 전야제이기도 해서 그런지 한쪽에는 기름기가 넘치는 고기가 잔뜩 쌓여 있었다. 그 밖에도 김이 피어오르는 요리가 늘어서 있지만 그다지 입에 대지는 않는 모양이었다. 그들에게는 대화 쪽이 중요한 것이리라.

그들의 답답해 보이는 옷을 바라보는 사이, 문득 익스는 고개를 갸웃거렸다.

"……저 옷, 지팡이는 어디에 가지고 있지?"

"안 가지고 있어요." 곧바로 노바가 대답했다.

"아니, 어째서?"

"교류의 자리에 무기를 들여오는 행위는, 지극히 무례하게 여겨져요. 지팡이는 처음부터 안 가져오든지, 들어올 때에 맡기든지, 그렇게 해요. 지팡이를 가지고 있어도 되는 건 경비뿐, 이에요."

"그 경비는?"

"바깥쪽을 둘러싸고 있을 터, 예요. 연회장으로 들어오지는 않아요."

"그래서야 경비를 서는 의미가 있나?"

그러자 노바는 묵묵히 익스를 바라봤다.

"……익스 씨한테는 마력이 없다, 그랬죠."

"허? 어, 그런데……."

잡담을 나누는 사이에 모퉁이를 두 번 돌아서, 조금 전에 내려다보던 장소에서 딱 반대쪽의 통로로 들어섰다.

삼분의 일 정도 나아간 곳에서 익스는 걸음을 멈췄다.

"저거라고 생각해." 손가락으로 가리키며 작은 목소리로 이야기했다. "저기 앉아 있어."

노바는 조용히 고개를 끄덕였다.

보라색 의상을 입은 노파가 한쪽 구석의 의자에 앉아 있었다. 긴 백발에 키는 작았다. 옆에 풍채 좋은 여성이 서 있으면서 이따금 대화를 나누었다. 손님이 아니라 종자이리라.

주위의 손님이 줄어든 것을 보고 익스와 노바는 안뜰로 들어섰다. 자연스러운 발걸음으로 다가갔다.

노파가 먼저 두 사람을 알아차렸다. 얼굴의 기억은 애매했지만 익스는 그녀의 두 눈을 잘 기억하고 있었다. 어린아이처럼 빛나는 금색 눈동자.

그녀의 시선을 따라서 종자도 알아차린 듯했다. 싱긋 미소를 띠고서 사이를 가로막는 듯한 위치에 섰다.

"안녕하세요. 누구십──."

"마리 서니르드인가?" 무시하고 낮은 목소리로 말했다.

종자는 기분 나쁘다는 듯이 미간을 찌푸렸다. 큰 헛기침 뒤, "실례입니다만……" 하며 말을 건넸다.

"예, 그래요." 한 손을 작게 들고 마리가 대답했다. 종자는 어이없다는 듯이 위를 올려다보고는 몸을 물렸다.

"60년 전, 지팡이 벽 수리에 관여한 귀족인가?"

"예."

"이야기를 들려줘."

"브라이언의 전언은 들었어요." 종자의 부축을 받으면서 마리는 몸을 일으켰다. "이동해서 이야기를 나눌까요. 방은 준비해 뒀겠죠?"

"그 전에 하나만 확인하고 싶어."

"예, 뭔가요?"

익스는 상대를 똑바로 응시했다.

"너는 마녀인가?"

그녀의 커다란 눈이 깜박거렸다.

감정을 종잡을 수 없는 표정으로 천천히 입을 열었다.

"아뇨."

"그렇다는 건, 마녀를 알고 있다는 거로군."

"확인은 하나뿐이었을 테죠?"

4

따라오려는 종자를 1층에 남겨두고 마리는 혼자서 방으로 찾아왔다. 쉬러 간다고 하니 주위의 손님도 의심하지 않았다. 익스와 노바도 친절하고 검소한 젊은이라는 느낌으로 인식된 모양이었다. 실제로 다리나 허리가 불안한지 계단을 올라가는 데에 익스가 손을 빌려줬다.

창가의 의자에 앉아서 마리는 일행을 바라봤다. 익스와 유이가 맞은편에 앉았다. 노바는 방 한구석에, 오토는 창밖을 바라보고 서 있었다.

이렇게 상대를 봤더니 몇 달 전에 얼굴을 마주했을 때보다 훨씬 늙었음을 알 수 있었다. 동작에 힘이 안 들어가 있었고, 체구는 훨씬 줄어든 것 같았다. 이따금 가슴을 누르며 괴로운 듯 기침을 했다.

"갑자기 부르게 되어서 죄송해요." 유이가 머리를 숙였다. "무례하다는 건 알지만 부디 이야기를 들려주실 수 없을까요."

"저는 상관없습니다만." 건넨 물을 천천히 마시고 마리는 깊이 숨을 내쉬었다. "애당초 당신은 누구신가요?"

"지팡이 장인 수습이야. 사저 라유마타의 부탁으로 뭔가를 조사 중이지."

"저랑 거기 있는 여성은 그를 돕고 있어요." 유이가 보충했다.

"라유마타…… 문지르 씨의 제자로군요. 전언으로는 지팡이 벽에 대해서 물어보고 싶다── 그렇게 들었는데요."

익스는 단도직입적으로 이야기를 꺼냈다.

"수도의 지팡이 벽이 해제되었을 가능성이 있어."

"흠. 사실이라면 무척 큰 사태로군요." 표정을 바꾸지 않고 마리는 고개를 끄덕였다.

"그 이야기에 라유마타가 이래저래 조사를 했더니, 60년 전의 수리 당시에 발산법이 사용되었다는 사실을 알았어. 실용화되는 것보다 30년이나 빨리── 말이야. 자세히 조사했더니 당시의 수리에 지팡이 장인도 아닌 젊은 귀족이 관여되어 있었지. 마리 서니르드── 그 귀족의 이름이야."

"그렇군요. 잘도 조사했네요. 그러니까 제가 의심스럽다고?"

"솔직히 말해서 해제에 대해 나는 의심하지 않아. 최근 몇 년은 도서관장으로 레이레스트에 있었지. 최근에는 몸이 안 좋아져서 은퇴한 모양이지만, 수도까지 갈 시간은 없었어. 아마도 관계없을 거야. 누님도 그걸로 납득할 테고."

"당신이 먼저 설명해 주니 고맙네요. 보다시피 저도 이제 장거리를 이동해서 변명이니 취조니, 그럴 체력은 없으니까요. 설령 의심이 사실이라고 해도 심문 중에 죽겠죠."

"그러니까 본론은 그게 아니야." 익스는 고개를 내저었다.

마리는 다시 물에 입을 댔다.

창밖은 어두워지고 빗소리만 들렸다. 실내의 촛대가 조명이 되어 그녀의 얼굴에 흔들리는 그림자를 드리웠다.

"내 스승님은 수도의 지팡이 벽에 대해서 『마녀가 설계했다』 라고 이야기했다더군." 익스는 그녀를 노려봤다. "에두른 표현 은 생략하고 말하지. 발산법을 도입한 『마녀』는, 당신이로군?"

"저는 마녀가 아니에요. 조금 전에도 말씀드렸다시피."

"하지만 마녀에 대해서는 알고 있지."

"예, 알고 있죠."

"만난 적은?"

"있어요."

"노츠월에서?"

"…………."

그때 처음으로 마리의 표정에서 변화가 보였다. 눈을 부릅뜨 고서 익스에게 찌를 듯한 시선을 향했다.

"숨길 필요는 없어. 그렇다고 할까, 사실 이미 조사했어. 노츠 월의 숲에 살고 있는, 강력한 마법사라더군. 언제 만났지? 레이 레스트의 귀족이 굳이 변경의 농촌에 갈 이유 따윈 없다고 생각 하는데."

"그에 대답할 필요가 있을까요."

"오토." 이름을 부르자 그는 곧바로 이쪽으로 돌아봤다. 마리 를 가리키고 물었다. "그녀는?"

"어릴 적이야." 오토는 곧장 말했다. "레이레스트 근처의 마을에서 대략 성년이 될 때까지 지냈어. 그 후에 레이레스트로 왔지. 이후로는 계속 같은 장소에 살고 있어."

"……어떻게 된 건가요." 마리는 고개를 내저었다. "오브라일가라고 해도 거기까지 조사할 수 있을 리가 없어."

"조사한 게 아니야. 말투나 동작이나 버릇을 보고 그렇게 분석했을 뿐이지. 오토는 그런 일이 가능해." 익스는 가볍게 설명했다. "그렇군, 성년까지……. 이걸로 계산이 맞아."

무슨 말인가요, 옆의 유이가 그러면서 고개를 갸웃거렸다.

"노츠월의 마녀는 사람을 먹는다고 그러지? 최근에는 20년 전의 갓난아기인가. 그 이전에는 80년 전에 소녀가 먹혔다고 그랬어. 그리고 지팡이 벽 수리가 진행된 것은 60년 전. 자, 딱 20년으로 계산이 맞잖아? 마녀한테 먹혔을 터인 소녀가, 성년이 되어서 돌아오더니 특수한 지식을 바탕으로 수리를 진행했다──간단하게 연결할 수 있지."

어떤가, 그렇게 묻자 마리는 입을 다물었다.

실제로 익스에게도 확신이 있던 것은 아니었다. 거의 즉흥적인 발상으로, 계산 역시도 지금 알아차린 것이었다. 근거가 있느냐, 그렇게 반론한다면 포기할 수밖에 없다.

하지만 잠시 후에 마리는 고개를 숙였다. 깊이 한숨을 내쉬었다. 줄어든 몸이 더욱 작아지며 곧 사라져버리지는 않을까, 한순간 불안해졌다.

"정말로, 잘도 조사했어." 짜내는 것 같은 목소리로 그녀가 말했다.

"인정하나?"

"예, 당신이 말한 그대로예요."

"말한 그대로라는 건, 무엇에 대해서?"

"……물을 좀 더 주시겠나요."

"어, 아, 예."

유이가 서둘러서 빈 그릇을 들고 준비된 물병으로 달려갔다. 그녀의 모습을 보며, 그러고 보니 배가 고프네, 익스는 생각했다. 생각해보면 계속 2층에 있느라 저녁을 먹지 않았다. 유이랑 오토도 공복일 것이다. 나중에 1층에 갔을 때, 겸사겸사 식사를 가져오는 편이 나을까. 그만큼 남아 있으니까 아무도 불평하진 않을 것이다.

감사를 건네고 마리는 물을 받아들었다. 몇 번에 나누어 마셨다.

"……사실은 누군가에게 계속 이야기하고 싶었던 걸지도 모르겠네요."

"들려줄 수 있을까?" 익스는 말했다.

"저는 이곳 레이레스트에서, 서니르드 가문의 딸로 태어났어요." 그녀는 조용히 이야기를 시작했다. "하지만 철이 들기도 전에 노츠월로 보내지고, 표면상으로는 평민의 아이로 자라게 되었죠. 어째서 그런 상황이 되었는지 당시에는 파악할 수 없었지만, 간단히 설명하면 가문 후계자 분쟁에서 도망치기 위한 일이었나 보더군요. 태어나자마자 누군가 목숨을 노리는 사태가 몇 번인가 벌어져서 어머니가 결단했다고 해요. 부모 대신에 고용인을 하나 붙여서, 저는 내보내졌어요. 하지만 물론 마을 사람들은 제게 사연이 있다는 사실을 깨닫고 있었죠. 아이들도 그것을 느껴서, 저는 자주 따돌림을 당했어요. 지금 생각하면 딱히 아무것도 아닌 일이지만, 역시나 어린아이로서는 무척 힘겨웠죠. 물론 금전적인 고생은 안 했지만요."

텅 빈 잔을 마리는 그대로 양손으로 붙들고 있었다.

"그때 저는 만난 거예요—— 예, 그래요, 마녀를. 딱 지금 시기, 노츠월에서 고기 저장제가 한창 열리던 중이었어요. 저는 그해에 처음으로 축제에 참가했어요. 어째서일까요? 어째선지 그해에는 나도 즐길 수 있지 않을까, 그렇게 생각했던 거예요. 축제가 끝날 무렵, 마녀는 모습을 나타냈어요. 그래요…… 마침 불어든 폭풍과 함께 검은 그림자가 떠오르던 것을 기억해요. 마을 사람이나 아이들은 두려워하며 도망쳤죠. 하지만 말이죠, 설명했다시피 저는 마을에서는 소외되어 있었으니까 마녀에 대해서는 아무런 이야기도 듣지 못했어요. 다들 무엇을 두려워하는지 알 수가 없었죠. 몰랐던 거죠—— 마녀가 사람을 먹는다는 사실을. 저는 그저 모두가 두려워하는 게 신기해서…… 그녀에게 말을 건네어 봤어요. 그리고 나를 데리고 가달라, 그렇게 부탁했던 거예요. 나를 먹는다고 가르쳐 줬지만—— 그렇다면 그걸로 됐다, 그리 생각했어요. 당시의 저는."

그녀는 멀리 창밖을 바라봤다. 이제까지의 늙은 모습과는 돌변, 매끄러운 말투였다.

"하지만 이렇게 살아있지." 익스는 말했다.

"예…… 그래요. 마녀는 저를 자기 집으로 데려갔지만 곧바로 먹지는 않았죠. 이유는 설명해 주지 않았어요. 『지금 먹으면 쓸모가 없다』라는 식의 이야기를 했지만요. 그대로 숲속의 집에서, 약 20년 동안 마녀와 살았어요. 성년이 된 뒤로 몇 년 정도 지났을 무렵일까요. 저는 숲을 나왔어요. 아뇨—— 나온 게 아니네요. 도망친 거예요."

"도망쳤다?" 유이가 중얼거렸다.

"부끄럽지만 무서워진 거죠. 그녀가 말했거든요. 슬슬 먹게 될 거라고. 그게, 예, 20년이 지나는 사이에 저는 참을 수 없이 무서워졌어요. 그게 싫고 또 싫어서, 이러지도 저러지도 못하게 되어버려서요. 그래서 틈을 노려 숲을 빠져나왔어요. 하지만 마을의 집에는 모르는 일가가 살고 있었고, 고용인도 이미 사망한 뒤였죠. 당연하죠. 저는 먹혀서 죽었다고 여겨졌으니까요." 마리는 얄궂다는 듯이 웃었다. "어쩔 수 없이 저는 어릴 적의 기억에 의지해서 레이레스트로 향했어요. 예, 그때 일은 지금도 잘 기억하고 있어요. 홀로, 온통 진창인 땅을 밟으며, 맞는지도 알 수 없는 길을 걸어갔죠. 그리고 어떻게든 저는 다다랐어요. 서니르드가의 저택을 찾아서, 나는 이 가문의 딸이라고 말했어요. 처음에는 아무도 믿지 않았지만, 유일하게 제게 들려 보냈던 문장 덕분에 증명할 수 있었죠. 가문 후계자 분쟁은 진즉에 끝난 뒤였죠. 어머니는 분쟁에서 승리하고, 그리고 죽은 저 대신에 후계자가 결정되어 있었어요. 가문에 머무르기 위해서 저는 자신의 가치를 증명해야만 했죠. 그때 지팡이 벽을 수리한다는 이야기를 알게 됐어요."

"그럼 발산법은——."

"짐작하시다시피 마녀의 지혜예요. 20년을 보내는 사이, 저도 마녀의 마법을 볼 기회가 있었어요. 이해할 수 없는 것이 대부분이었지만 그래도 이해할 수 있는 것도 몇 가지 있었어요. 발산법은 그중 하나예요. 인간의 마법을 배우고서야 처음으로, 아직 존재하지 않는 기술임을 알았어요. 제가 매달릴 수 있는 건 그것밖에 없었던 거예요. 이건 극비라 말하고, 지팡이 벽 수리에 발산법을 도입했어요. 장인 여러분도 원리는 이해할 수 없었던 모양이지만 효과를 실증했더니 납득해 주었죠. 이것이 제가 경험한 전부예요."

한동안 아무도 입을 열지 않았다.

그녀가 거짓말을 할 이유는 없다. 게다가 이렇게나 길게, 이치에 맞는 거짓말을 즉흥적으로 떠올리는 것은 무리다. 기억이 잘못된 부분은 있을지라도 지금 이야기한 내용은 진실이리라.

다시 말해 이것으로 증명된 것이다.

마녀가 사람을 먹는다——는 소문이 사실이라는 것.

마녀의 지혜가 인류를 ——적어도 30년은—— 초월한다는 것.

이제는 말도 안 된다든지 바보 같다든지, 그런 말로는 정리할 수가 없다.

"마녀는…… 노츠월에 있나." 뻔히 아는 질문을 익스는 했다.

"예, 있겠죠. 틀림없이, 지금도."

그리 이야기하는 마리가 너무나도 자연스러워서 한순간 깨달지 못했다.

그녀의 눈가에서 물방울이 떨어지고 있었다.

"그래서 저는, 마녀가 아니에요. 저는…… 도망쳐, 버렸으니까요……. 20년이나 함께 있던 상대를, 배신하고……. 그저, 제가 약해서, 무서워지고 말았으니까……."

"아, 아니, 배신이라니." 유이가 소리 높였다. "먹히는 거잖아요? 누구라도 무서워해요. 도망친 건 부끄러운 일이 아니에요. 지극히 평범한 반응이에요. 그렇게까지 자신을 책망하지 않아도……."

"아뇨…… 저는 말했어요. 만났을 때에, 말했어요. 그래도 상관없다고……. 그렇게 말했던 거예요. 분명히, 그녀에게……."

5

마리가 진정되기를 기다린 후 익스는 그녀와 아래층으로 돌아왔다. 계단 내려가는 것을 돕기 위해서니까 노바한테는 안 와도 된다고 말했다.

그녀의 주름투성이 손을 붙잡고 한 칸씩 내려갔다. 겉모습을 보고서 상상했던 것보다 다소 다부진 감촉이었다.

계단 밑에서 종자 여성이 기다리고 있었다. 그때 떠올랐는데, 요리를 받아가려고 생각했던 것이었다.

"무슨 일인가요?" 마리가 익스를 봤다.

"아니……, 연회장의 요리를 위로 가져가고 싶은데, 혼자서 가져가면 수상쩍지는 않을까 생각했어. 4인분이니까 양도 많을 테고."

"고용인 분한테 부탁하면 되겠죠."

"아, 그렇군……." 이것이 부자의 사고방식인가, 생각했다.

"그녀에게 맡길 수도 있겠네요." 안심한 표정으로 이쪽을 올려다보는 종자를 가리키고 말했다.

"괜찮나?"

"여러분 덕분에 제 죄를 떠올릴 수 있었으니까요, 답례예요."

하지만 결국에 저녁을 먹을 수는 없었다.

마리를 통해서 고용인에게 요리를 부탁했더니 안뜰이 아니라 조리장에서 직접 가져다주기로 했다. 방으로 안내하려고 익스는 한동안 통로에서 기다렸다. 하지만 좀처럼 가져다주지를 않아서, 설마 새로 조리하고 있는지 불안해졌을 때였다.

안뜰에서 실내로 통하는 문에서 다툼이 벌어졌다.

그쪽으로 다가가자 문 앞에 고용인 남자가 서서는 당황한 표정으로 양팔을 벌리고 있었다. 그의 앞에 인파가 모여서는 불평을 하고 있었다. 아무래도 밖으로 나갈 수가 없는 모양이었다.

지금이라면 이쪽으로 주의를 기울이지는 않겠지, 그런 생각으로 익스는 근처의 남성 손님에게 이야기를 건넸다.

"대체 무슨 일이지?"

"글쎄요, 저도 지금 와서……." 남자는 한순간 익스를 봤지만 금세 시선을 앞으로 되돌렸다. "독이 어쩌고 그러면서 한동안 나가지 말라고 하던데요……."

"독?"

곧이어 문 안쪽에서 다른 고용인들이 안뜰로 들어왔다. 몇 명이 당황한 얼굴로 다른 사람들을 몰아냈다. 대부분의 사람들은 영문을 모르겠다는 모습으로 고개를 갸웃거리며 걷고 있었다.

"죄송합니다, 여러분. 저는 조리장에서 일하는 사람입니다." 문의 고용인이 다시금 소리쳤다. "요리 중에 실수가 있어서, 조리장에서 독성 기체가 발생했습니다. 기본적으로는 무해합니다만, 대량으로 마시면 문제가 생길 우려가 있습니다. 현재 환기를 진행 중이오니 조금만 더 기다려 주십시오."

다소 불만은 나왔지만 그것으로 대부분의 손님은 납득한 모양이었다. 차분한 표정을 짓고서 안뜰로 돌아갔다. 차분한 표정이라고는 해도, 물고 늘어지는 손님을 보고는 미간을 찌푸렸다. 그것을 깨닫고 불평을 늘어놓던 손님도 물러났다. 오브라일가의 인간일까, 남자 하나가 종종걸음으로 고용인에게 다가갔다.

이렇게 되었다면 한동안 요리는 기대할 수 없으리라. 일단 방으로 돌아갈까, 그러면서 계단으로 향했더니 그곳에도 고용인이 서서 가로막고 있었다. 이쪽은 여자였다.

"2층으로 가고 싶은데."

성가신 손님으로 보였을까, 다른 손님들이 이쪽을 살피는 시선을 느꼈다.

"죄송합니다만, 잠시만 기다려 주시길."

"어째서지? 여기가 안전하다면 2층도 문제없을 텐데?"

"저도 그렇게 지시를 받았을 뿐이라…… 죄송합니다만 모쪼록 정원에서 기다려주십시오."

"그런가……."

뭐, 그렇게 말한다면 어쩔 수 없다. 구석에서 가만히 있자, 그러면서 돌아가려다가 별생각 없이 그녀에게 이야기를 건넸다.

"고용인이라는 건 하는 일이 많은 법인가?"

"예?" 그녀는 의아하다는 듯이 눈을 끔벅였다. "허어, 그러네요……. 예, 저는 지금은 시중을 들고 있지만 평소에는 청소 따위도 합니다."

"정원사는?"

"예?"

"오늘 아침에는 정원에 있었잖아. 작업복을 입고서, 그건 정원 청소를 하던 건가? 그런 일은 전문직이라고 생각했는데……."

여자는 몇 초 정도 고개를 갸웃거린 뒤, 품속에서 가늘고 긴 물체를 꺼냈다.

뭔가 싶었지만 금세 익숙한 물건임을 깨달았다.

매끄럽게 가공된 나무 막대기——마법 지팡이.

손님은 안 되지만 고용인이 반입하는 것은 괜찮은가, 그리 생각하는데 마법 지팡이 끝부분이 빛났다. 너무도 환해서 눈을 감았다.

눈을 떴을 때, 익스는 땅바닥을 구르고 있었다. 엎드린 자세로 이마를 안뜰의 돌바닥에 대고 있는 자세였다.

환한 빛에 놀라서 넘어져 버린걸까. 그때에 머리도 부딪친 것일까, 시야가 흐릿하고 몸은 마비된 것처럼 제대로 움직이지 않았다.

어떻게든 양손을 짚고 천천히 상체를 일으켰다. 목을 몇 번인가 흔들고 눈을 꽉 감았다. 간신히 보이게 되었다.

'……뭘 하는 거지?'

틀림없이 넘어진 자신에게 주목이 모였으리라 생각했는데 어째선지 시야 안의 그 누구도 이쪽을 보고 있지 않았다. 그러기는커녕 다들 깔끔하게 정렬해서 땅바닥에 앉아 있었다. 기묘한 광경이었다. 기껏 차려입은 의상이 더러워져 버리겠다고 생각했지만, 그들의 감각이 뒤집혀 있다면 고급스러운 의상을 더럽히는 것은 좋은 일일지도 모른다. 부자의 연회에는 이런 예법이 있는 것일까.

갑자기 등에 충격을 느끼고 익스는 앞으로 쓰러졌다.

돌아보니 고용인 모습의 남자가 서서 내려다보고 있었다. 그도 오른손에 지팡이를 들고 있었다. 익스를 향해서 "서라"라고 말했다.

그쪽이 넘어뜨렸잖아, 그리 생각하면서도 일어섰다. 빌린 의상이 더러워져 버렸다. 소매를 두드려 봤지만 흙먼지는 털리지 않았다. 곤란하게 됐다.

"걸어라"라고 남자가 말하며 지팡이로 익스의 등을 찔렀다.

"갑자기 무슨――."

"걸어라."

등을 힘껏 떠밀려서 익스는 휘청거렸다. 몇 번인가 기침을 했다. 정렬한 사람들 가운데 몇몇의 시선이 이쪽으로 향했다.

남자의 언동을 보기에 아무래도 저 줄에 나란히 앉으라는 지시인 듯했다. 그대로 줄의 끝까지 가서 앉았다. 대열은 세 줄 정도이고 다들 옆을 보고 있었다. 비스듬히 앞쪽에는 마리와 종자의 모습도 있었다. 연회의 손님만이 아니라 고용인도 함께 줄을 이루고 있었다. 하지만 주위를 보니 줄에 가담하지 않고 이쪽을 둘러싼 고용인도 있었다.

"괘, 괜찮아요?" 누군가 작게 속삭였다.

그쪽을 보니 조금 전에 익스가 말을 건넨 남성 손님이었다. 굳은 미소를 띠고 있었다.

"괜찮아?" 익스는 고개를 갸웃거렸다.

"아니, 뭐라고 할까…… . 마법을 맞아서 날아간 뒤로 계속 경련하고 있었으니까, 저건 좀 힘들겠다고 생각해서요…… ."

"…………."

"어, 아직 억지로 이야기하진 마세요." 남자는 한 손을 펼쳤다. "이것 참, 헌데 솜씨——라고 그러면 좀 다르겠지만, 잘도 알아차리셨네요. 아, 죄송합니다. 저는 마를란이라는 사람입니다. 저기, 오브라일 가문 분은 아니시죠?"

"……익스다."

"익스 씨. 관찰 솜씨가 훌륭하시다고 생각합니다, 하하……하."

갑자기 술렁이는 소리가 들렸다. 안뜰을 둘러싼 고용인 가운데서 한 남자가 앞으로 나오더니 이쪽을 흘겨봤다. 그럭저럭 연배가 있고 머리가 벗겨져 있었다.

"여러분, 놀라시게 만들어서 죄송합니다. 하지만 이것도 성의

(聖意)에 따른 바. 같은 세례를 받은 사람으로서, 저희의 생각에도 바로 찬동해 주실 거라 믿고 있습니다." 그러더니 남자는 양 팔을 펼쳤다.

6

익스와 마리가 나간 뒤, 방에는 세 사람이 남겨졌다. 장소는 바뀌지 않은 채 유이는 의자에 앉고 노바와 오토는 각자 다른 자리에 서 있었다. 적잖이 뒤숭숭한 느낌이었다. 일어서는 편이 나을까, 유이는 생각했다.

"뭐, 이걸로 당면의 목적은 달성했다는 의미네요." 노바를 바라보고 말했다. "지팡이 벽에 사용된 기술의 의문과 마리 씨에 대해서는 조사를 마쳤어요. 라유마타 씨한테 보고하기에는 충분하겠죠."

"예."

"이제부터 노바 씨는 어떻게 하시겠어요?"

"어떻게, 라면?"

"아마도 익스는 이대로 노츠월로 향하겠죠. 저로서도 본래의 목적은 마녀니까 함께 갈 생각이에요. 하지만 노바 씨의 경우, 이제 일은 끝났으니까 여기서 이별하고 수도로 돌아가지는 않을까 해서요."

"저도 갈게요." 즉답이었다.

"그런가요. 예, 그럼 조금 더 부탁을 드릴게요."

"예."

그리 말한 뒤, 노바는 고개를 갸웃거렸다.

"익스 씨가 노츠월로 갈 거라 생각하는, 건가요?"

"예. 뭐, 그는 그 나름대로 사정이 있으니까요."

"그렇군요."

"그리고 내일 아침에 기덴즈 씨가 마을로 간다고 했죠? 동행을 부탁해 볼까요."

그 말에 노바가 작게 고개를 끄덕이고 대화는 끝났다.

방이 조용해졌다. 좀처럼 익스는 돌아오지 않았다. 어쩌면 마리를 보내는 도중에 무언가 성가신 일에 휘말렸을지도 모른다. 그런 짧은 시간에, 그런 생각도 들었지만 그의 경우에는 충분히 있을 법한 일이었다.

"미안해요, 노바 씨"라며 말을 건넸다.

"잠깐 아래층에 가서 익스를 찾아보지 않겠어요?"

"예."

그녀가 방을 나가려던 그때였다.

거대한, 파열음 같은 것이 울렸다.

아래층에서 울린 것 같았다. 소리는 단 한 번, 그 이후로는 아무것도 들리지 않게 되었다.

"무슨 일이죠?" 유이는 말했다.

이 방의 벽이나 문은 상당히 두꺼워서 소리가 넘어오지 않는다. 문을 닫은 상태에서는 아래층 연회장의 소리는 전혀 전해지지 않았다. 그러니까 조금 전의 소리는 그만큼 컸다는 의미였다.

노바는 손잡이로 뻗은 손을 되돌리고 문에 귀를 댔다.

"마법."

갑자기 오토가 말했다.

"예?" 유이는 창문 쪽을 돌아봤다. "아니, 하지만 이런 자리에 지팡이를 반입하는 건 금지일 테죠."

"금지는 물론이고 실질적으로도 어려워." 오토가 일정한 속도로 이야기했다. "참가자는 마법적으로 조사를 받아. 하지만 한두 자루라면 반입할 수 있을 가능성은 있어. 그런 숫자로는 경비한테 들켜서 금방 제압당하겠지만."

"으—음, 무언가 사고가 벌어진 걸까요……."

"사람이 와요." 노바가 문에서 떨어지며 말했다.

"익스인가요?"

"모르겠어요."

"뭐, 그렇겠죠."

유이도 의자에서 일어서서 방 안쪽으로 이동했다. 슬며시 오토를 감싸는 것 같은 위치가 되었다. 품속에 감춘 지팡이를 오른손으로 살며시 붙잡았다. 노바는 문 가까이. 자연스럽게 서 있었다.

이윽고 문이 맞은편에서 천천히 열렸다.

"아, 손님……이신가요?" 고개를 내민 것은 고용인 모습의 남자였다. 방으로 들어오고 문이 자연스럽게 닫혔다. "죄송합니다만 여러분, 안뜰로 내려가 주시겠습니까."

"어째서죠?" 유이가 물었다. "정식으로 초대받은 손님이 아니에요. 다른 분들께 폐가 되겠죠."

"아뇨, 작은 사고가 있어서 2층도 위험할 가능성이 있습니다."

"사고? 어떤?"

"예, 요리사가 조금 실수를……. 그래서 조리장을 중심으로 피난을 부탁드리고 있습니다."

"조리장?" 유이는 고개를 갸웃거렸다.

"예."

"그럼 좀 전에 안뜰에서 사용된 마법은 뭔가요?"

"예, 손님 사이에서 다툼이 벌어져서……. 현재는 수습되었으니 안심하시길."

"그랬나요." 유이는 호흡을 가다듬었다. "오토, 이 분은 어떤가요?"

"아니야." 소년의 목소리가 울렸다.

마력의 흐름을 느낀 찰나, 유이는 지팡이를 뽑아서 마법을 날렸다.

실내에 환한 빛이 가득 차고 한순간 뒤에 가라앉았다. 탄내가 코를 찔렀다.

남자와 유이는 서로 짧은 지팡이를 맞댄 상태로 서 있었다. 두 사람 사이, 남자에게 가까운 쪽의 바닥에 검게 탄 자국이 펼쳐져 있었다.

남자의 날카로운 시선이 유이에게 향했다. 어째서 지팡이를 가지고 있는가, 그리 의심하는 것이리라. 지팡이를 붙잡은 손에 힘이 실려 있었다.

한편으로 스스로도 놀랄 만큼 유이는 냉정했다. 실전에서 마법을 다루는 것은 이것이 처음인데도 전혀 초조하지 않았다. 그럴 수 있는 것도 어디까지나 지금의 대결에서 피아의 실력 차이가 역력하게 드러났기 때문이었다. 이 상대는 너무도 약했다.

아니, 약한 것은 상대의 지팡이, 더욱 정확하게는 유이의 지팡이가 너무 강하다고 해야 하리라. 자신의 실력이라고 우쭐해서는 안 된다. 이것은 빌린 물건의 힘—— 용에게 빌린 마법.

용의 심장을 삽입한 지팡이.

마법을 사용하는 데 걸리는 시간도, 마력의 전파 효율도 압도적으로 유이가 우위. 유이에게는 상대를 죽이지 않고 마법만 없애도록 힘을 조절할 여유조차 있었다. 첫 공격으로 처리하지 못했던 것은 정말로 적인지 망설이는 사고가 아직 있었기 때문이었다.

그렇지만 여유를 부릴 수도 없었다. 전투에서 절대적인 상황은 없고, 일대일이라면 몰라도 이 자리에는 노바와 오토가 있다. 섣불리 움직인다면 두 사람이 위험에 처하게 된다. 일단 자신보다 남자에게 가까운 노바에게 물러나라고 해야 할까.

마법은 지팡이의 연장선상으로 발사된다. 서로가 상대의 지팡이를 가만히 바라보고 있었더니,

"미안해요"라고 노바가 문득 중얼거렸다.

"엇—— 뭐!" 남자가 깜짝 놀랐다.

대체 어디에 가지고 있었을까, 노바의 오른손에도 짧은 지팡이가 들려 있었다. 끝부분은 당연히 남자의 얼굴로 향했다.

Illustrations copyright © Enji

남자는 허둥대며 몸을 물렸다. 마력의 흐름이 느껴졌다. 유이는 서둘러서 그의 손을 노리고——.

다음 순간, 남자는 날아갔다.

"아." 유이는 중얼거렸다.

등부터 벽에 처박히고, 힘을 잃은 몸이 바닥에 엎어졌다.

그와 거의 동시에 마법 지팡이가 달그락, 바닥에 떨어지는 소리가 났다.

남자가 서 있던 장소에 지금은 노바가 서 있었다. 상체를 확실하게 낮춘 자세로 오른쪽 팔꿈치를 굽힌 채 앞을 향해 내밀고 있었다.

몇 초 늦게, 간신히 사태가 이해되었다. 그러니까 노바는 지팡이를 그 자리에서 내던져서 상대의 주의를 위로 돌렸다. 그 틈에 파고드는 것 같은 자세로 접근하여 팔꿈치로 날려버린 것이었다. 남자는 눈을 까뒤집고서 완전히 뻗어버렸다.

"묶죠."

자세를 풀고 유이를 향해 노바가 말했다.

일단 방에 있던 천을 사용해서 남자의 팔다리를 묶었다. 입도 천을 채워서 막아두었다. 지팡이는 유이가 품으로 회수했다.

이런 자그마한 체구 어디에 그런 힘을 숨기고 있었을까, 그러면서 노바를 쳐다보고 말았다. 게다가 지팡이를 미끼로 사용하다니, 마법사의 상식에는 절대로 존재하지 않는 전투 방식이었다. 일개 학생에게는 불가능했다.

"이럴 때에 말하는 것도 어떨까 싶지만——." 유이는 한숨을 내쉬었다. "역시 감시였던 거군요?"

"예." 솔직하게 노바가 고개를 끄덕였다.

"제게 접근한 건 그를 위한 행동이었죠?"

"예."

"노점상 분에게 붙잡혔던 것도?"

"그건 제 미숙, 이에요." 노바는 절레절레 고개를 내저었다. "미행 중에 그만 붙잡혀 버렸어요. 하지만 유이 씨한테 도움을 받고, 이걸 기회로 접근하는 편이 편하겠다, 그렇게 판단했어요."

"그런 이유였나요. 으음…… 뭐, 굉장한 체술이었어요."

"전문적인 훈련을 받았을 뿐, 이에요. 저 개인이 굉장한 게 아니에요."

"이 경우에 뿐, 이라고 말하지는 않는 게……."

"속이고 말아서, 죄송합니다." 그녀는 머리를 숙였다.

놀라기도 했지만, 역시 그랬구나 납득하는 자신도 있었다. 사실 그녀의 정체에 대해서는 만났을 당시부터 어렴풋이 헤아리고 있었던 것이다. 그렇게 형편 좋게 새로운 친구가 생길 리는 없다. 애당초 인질이라는 입장이면서도 여름에는 지나치게 제멋대로 행동했다. 감시가 붙는 것은 당연하다고 할 수 있으리라. 불평할 수 있는 입장이 아니었다.

확실히 친근한 행동이 전부 감시를 위한 거짓이었다는 사실은, 이전의 유이였다면 상처였을 것이다. 하지만 현재는 그다지 신경 쓰이지 않았다. 그것이 여름의 그 일로 그녀가 손에 넣은 강함일지도 모른다.

유이는 노바의 얼굴을 가만히 응시했다. 의아하다는 듯이 마주 봤다. 표정도 말투도 이제까지와 완전히 똑같았다.

"어쨌든 지금은 상황을 파악하죠." 어깨를 으쓱이고 말했다. 관점을 바꾼다면 이 자리에 노바 같은 인간이 있는 것은 무척 든든했다. "아마도 그 사람은 그저 순찰이겠죠. 안뜰은 이미 제압되었다고 생각하는데……."

"같은 의견, 이에요." 노바는 또다시 문에 귀를 대고 몇 번인가 눈을 깜박였다.

"하지만 그들은 어떻게 경비를 쓰러뜨렸을까요? 이만한 규모의 연회예요. 강력한 마법사가 기다리지는 않을까요?"

"조금 전의 마법 이외에 싸우는 소리는 안 들려요. 아마도, 경비에게는 아직 사태가 전달되지 않았다고, 생각해요."

"하지만 얼마 안 있어서 들키겠죠."

"인질이 있어." 오토가 끼어들었다.

"그러니까 적의 목적은 교섭인가요? 으—음……."

유이는 턱에 손을 대고서 생각했지만 아직은 영 알 수가 없었다. 굳이 엄중하게 경비되는 장소를 습격할 이유는 없는 것처럼 여겨졌다. 설령 교섭에 성공하더라도 이번에는 탈출이 어렵다. 누구한테 무엇을 요구하는지 모르겠지만 개별적으로 이동 중인 상태에서 습격하는 편이 용이할 터.

어쩌면 적은 소수일까, 그런 생각이 떠올랐다. 지팡이 한두 자루라면 반입할 수 있다는 오토의 분석과도 이치가 맞고 다수가 모인 상황에서 습격하는 이점이 있다. 아니, 역시나 그것도

의미가 없다. 경비가 잔뜩 있다. 인질을 잡더라도 미처 대응할
수 없으리라.

"저로서는 조금 이해하기 힘드네요. 두 사람은 무언가 의견이
있나요?"

노바와 오토는 묵묵히 유이를 봤다. 떠오르지 않는다는 의미
이리라. 이 두 사람에게 무리라면 누구도 알 수가 없다.

"제가 경비분한테 전하러 갈게요. 그들에게 맡겨야만, 하겠
죠." 노바가 한 걸음 나서서 말했다. "두 사람은, 방에 숨어 있
어요."

"경비한테 맡기는 건 찬성이지만 숨어 있을 수는 없어요. 순
찰이 돌아오지 않는다면 다른 인원을 보내겠죠."

"셋이서 가는 건 더욱 위험, 해요. 그리고 실례일 수 있지만,
아마도 두 사람은 따라올 수 없지 않을까요."

"무슨 의미인가요?"

"계단을 내려간 곳은 안뜰을 둘러싸는 통로, 이니까, 적에게
들키겠죠. 그쪽 길은 쓸 수 없어요. 그러니까 위로 올라가서, 지
붕을 타고 갈게요."

그런 곡예사 같은 행동이 가능한가, 유이는 그만 감탄하고 말
았다. 기회가 있다면 꼭 보고 싶은 참이었다. 그런 태평한 짓을
할 때가 아니지만.

"남은 수단도 있어." 오토가 입을 열었다. "새로운 순찰이 와
도 둘이 있다면 대응할 수 있어. 묶은 남자로 주의를 돌리고 기
습으로 쓰러뜨린다. 경비가 사태를 알아차릴 때까지 그걸로 넘

긴다."

"그렇군요. 그 방법도 있네요." 노바가 수긍했다.

"밑에 있는 적이 언제 돌발적으로 행동해도 이상하지 않아요. 시간이 걸리는 방안에는 저는 반대예요."

조금 전에는 전혀 존재하지 않았던 초조한 기분을 그녀는 이제 와서 느끼고 있었다. 밑에서는 수많은 사람이 인질로 잡혀 있다. 그중에는 마리같이 고령인 사람도 있다. 직접적인 위해를 당하지는 않더라도 장시간의 구속은 견딜 수 없을 것이다.

그리고 무엇보다—— 익스.

남의 신경을 거스르는 일에서는 누구에게도 뒤처지지 않는 사람이다. "조악한 지팡이로군"같이 시답잖은 발언으로 적의 분노를 사는 모습을 간단히 상상할 수 있었다. 게다가 다른 손님과 다르게 그는 귀족도 상인도 아니다. 서민이라는 사실——인질로서의 가치가 없다는 사실——이 발각된다면 본보기로 살해당할지도 모른다.

유이는 고개를 들고 말했다.

"어떻게든 다른 사람들을 구출할 방법은 없을까요."

"어째서, 인가요?" 노바가 유이를 보고 말했다.

"……예?" 되묻는 의미를 알 수가 없었다. "어째서냐니, 위기에 빠진 사람들이 있으니까 어떻게든 구해야겠다고……."

"그 사람들은 다들 왕국의 백성, 이에요."

"뭐, 이 나라의 연회니까요."

"그러니까 유이 씨한테는 아무런 이득도 없어요. 그러기는커

녕 적국의 백성을 구하는 일, 이니까, 대국적으로 보면 손해라
고도 할 수 있겠죠."

"그건⋯⋯." 유이는 말이 궁해져 머뭇거렸다. "하지만, 그건 착
한 일이겠죠?"

"착한 일?" 노바가 의아하다는 듯 되풀이했다.

"예. 아버지가 제게 남긴 바람이에요. 착하게 있으라고."

"제게 그랬던 것처럼, 적국의 사람을 구하는 것이?"

"⋯⋯어째서 그런 걸 묻나요." 작게 고개를 내저었다. "아버
지는⋯⋯ 예, 확실히 왕국 백성을 구하는 건 아버지의 바람에
서 벗어나는 일일지도 몰라요. 하지만 그렇다고 해도, 저로서
는⋯⋯."

노바는 유이를 가만히 바라봤지만, 이윽고 고개를 끄덕였다.

"⋯⋯알겠어요. 다른 사람들을, 구하죠."

그녀의 앞머리가 흔들리고 한순간 눈이 보였다.

7

조악한 지팡이로군, 익스는 그리 생각했다.

앞으로 나온 연배 있는 남자가 든 마법 지팡이를 응시하며, 정
말로 저것이 지팡이인가, 그리 의심스러울 정도로 지독한 가공
이었다. 조금 전에 익스를 날려버린 여성의 지팡이 쪽이 훨씬
나았다. 딱히 할 일도 없어서 심심한 김에 그것을 빤히 관찰하
고 있었다.

한가하다고 할까, 처음의 인사에 이어서 남자가 무언가 연설을 시작했지만 그 의미를 익스로서는 도무지 이해할 수가 없었다. 모르는 언어로 이야기하는 것은 아니라서 문장 단위의 내용은 알겠다. 하지만 에두른 표현이나 쓸데없는 장식이 너무 많아서 문맥을 파악할 수가 없었다.

그래도 어떻게든 요약하자면, 올해 고기 저장제를 취소하라는 주장인 듯했다. 딱히 그것을 거부하더라도 죽이거나 폭력적인 수단에 호소하지는 않겠다. 다만 그 요구를 받아들일 때까지는 아무도 돌려보내지 않고 계속 설득할 생각이다, 라고 했다. 그것을 가지고 폭력적인 수단이라 부르지 않나, 그리 생각했지만 아무도 지적하지 않았다.

길게 떠들던 모양이지만 갑작스럽게 그 연설은 끝났다. 갑작스럽다고 느낀 것은 자신뿐일지도 모르겠다. 남자는 일단 통로로 모습을 감췄다.

손님들은 소곤소곤 작게 서로 대화를 나누었다. "오브라일가의 책임이"라든지 "경비는" 같은 말이 들렸다.

문득 뒤쪽이 시끄러워졌다. 슬며시 그쪽을 돌아보니 계단에 작은 사람의 모습이 보였다. 노바였다. 고용인 모습인 두 사람에게 둘러싸여 있었다.

"방에서 쉬고 있었어요"라고 그녀가 말하는 것이 들렸다.

"남자가 왔을 테지?" 한 사람이 그렇게 따져 물었다.

"남자, 말인가요? 아뇨, 못 봤어요."

"정말인가?"

"예."

"…………."

고용인 모습을 한 두 사람은 얼굴을 마주 봤다. 무언가 대화를 나눈 뒤, 이쪽을 가리키며 턱을 까닥거렸다. 작게 고개를 끄덕이고 노바가 이쪽으로 걸어왔다. 마침 익스 바로 옆에 나란히 앉게 되었다.

"괜찮은, 가요?" 그녀는 작게 말을 건넸다.

"아까도 같은 질문을 받았는데." 익스는 어깨를 으쓱였다. "어째서 내려왔지. 지금 상황은——."

"대략 파악, 했어요. 조금 전에 2층으로 순찰이 왔는데, 반격했어요. 저랑 유이 씨한테는 지팡이가 있어요."

"그 녀석들은?"

"무사, 해요."

"하지만 순찰이 돌아오지 않았다면 또 인간을 보내겠지."

"한동안은 괜찮을, 거예요." 노바는 담담하게 이야기했다. "순찰을 쓰러뜨린 인간이, 이렇게 내려오는 경우는 통상적으로, 생각할 수 없어요. 그들에게 형편에 좋은 쪽으로 해석할 터, 예요."

"값나가는 물건을 훔치고 있다든지?"

"예."

"그것 때문에 내려왔나? 유이와 오토의 시간을 벌려고."

"아뇨, 그 밖에도 목적이 있어요."

익스는 주위의 분위기를 살폈다. 많은 손님들이 심각한 표정으로 대화를 나누고 있지만 포위 중인 고용인 모습인 자들은 별로 신경 쓰지 않았다. 뭐, 괜찮을 것이다.

"그건?" 하고 물었다.

"조금만 더 있으면, 천이 떨어져요."

"천?"

노바가 시선만 위로 향했다. 2층의 통로 사이에 펼쳐서 비를 막는 데 사용 중인 가늘고 긴 천을 의미했다. 아직 가늘게 비가 내리는지 똑똑 물소리가 들렸다.

"유이 씨가 한꺼번에 떨어뜨릴 거예요. 이 자리는 혼란에, 빠지겠죠."

"뭐, 그렇겠네."

"그 틈에, 상대의 지도자를 제압할게요. 서로가 인질을 잡은 상황이 되겠지만, 그 혼란으로 경비들도 상황을 알아차릴, 거예요. 그들이 온다면 우리의 승리, 예요."

"제압한다니, 누가?"

"저, 예요."

"⋯⋯할 수 있겠어?"

"예." 당연하다는 듯이 긍정했다. 지도자는, 전방의 대머리 남자가 맞나요?"

"그런 모양이야."

뭐, 그녀가 이곳에 왔다는 것은 유이도 납득하고서 보냈다는 의미. 할 수 있다고 한다면 할 수 있을 것이다.

"그건 그렇고, 부자의 저택이 이렇게나 간단히 제압당하다니." 익스는 코웃음 쳤다. "이런 곳이라면 엄중한 경비를 깔아뒀을 테지?"

"정면으로 돌파한 게 아닌, 거겠죠."

"그럼 어떻게 했지."

"……공성 지팡이 개발보다 이전에, 견고한 성채를 함락시키는 방법은 둘 중에 하나, 였어요." 감정이 희박한 목소리로 노바가 말했다. "포위해서 적의 식량이 떨어지는 것을 기다리거나, 성채 안의 사람을 아군으로 배신시키거나, 예요. 후자가 제대로 진행되면, 성은 금세 함락되죠."

"내통자를 잠복시켜놓고 그 녀석이 끌어들인다는 건가? 고작 혼자서?"

"연회 정도라면, 임시 고용인을 채용, 하겠죠. 고용주의 신용을 얻을 수 있다면, 혼자서도 충분히 끌어들일 수 있어요." 그녀는 살짝 턱을 당겼다. "다만 이번 경우, 내통자를 잠복시켰다, 라는 것보다는, 아마도……."

"추측이라도 괜찮으니까 중간에 멈추지는 마."

"예. 처음부터 일하던 사람을 협력자로 포섭, 한 거겠죠. 그쪽이 낭비도 적고, 간단해요."

"오히려 어려울 것 같은데."

"성벽을 공략할 때와 마찬가지, 예요. 상대의 약점을 찾고, 그곳을 찌른다. 간단한 기술이고, 훈련과 연락 수단만 있다면, 누구라도 재현이 가능, 해요." 노바는 간단하게 말했다. "예를 들면 성채를 포위한 상태에서, 상인의 통행을 허가하고, 그의 집수레에 편지를 숨긴다, 든지. 짐수레를 수색한 병사나, 그의 상관이 배신한 사례는, 전쟁의 역사에서 이따금 볼 수 있어요."

"학교에서는 그런 것까지 가르치나." 익스는 감탄과 어이없다는 심정이 뒤섞인 말투로 말했다.

"예."

"흐응……."

익스는 주위로 시선을 움직였다. 살짝 이 자리의 분위기가 느슨해진 것 같았다. 손님의 잡담 소리도 커지고 있었다. 자신들의 대화도 그 안에 섞여서 아무도 신경 쓰지 않았다.

"하지만 조금 예상 밖, 이었어요."

"뭐가?"

"지팡이를 든 사람이 이렇게나 많다는 게, 말이에요." 노바는 고개를 갸웃거렸다. "오토 씨가, 마법 지팡이는 반입 가능한 게 두세 자루, 라고 그랬어요. 설마 모두가 가지고 있을 줄은 생각 못 했어요. 계획을 중지해야 할지도, 모르겠네요."

"잠깐만……." 익스는 입가를 손으로 덮었다. "오토가 정말로 그렇게 말했나?"

"예."

익스는 몇 번 눈을 깜박였다.

오토에 한해서는 예상 밖이란 있을 수 없다. 그가 두세 자루밖에 못 반입한다고 했다면 두세 자루밖에 못 반입하는 것이다.

그렇다면…….

"노바, 실행까지 얼마나 남았지?" 빠른 말투로 물었다.

"앞으로 조금, 이에요."

"어지러운 척을 해서 날 쓰러뜨려."

"예."

되묻지도 않고 곧바로 노바는 그 말에 따랐다. 저도 모르게 비틀거리는 느낌으로 이쪽에 몸을 기댔다. 익스는 그대로 벌러덩 쓰러졌다.

"무슨 일이냐!" 고함을 내지르며 고용인 모습의 한 사람이 다가왔다.

"몸에 힘이 안 들어가."

적당히 변명을 하며 그의 손을 쳐다봤다. 머리를 누르며 천천히 몸을 일으키고 주위에 있는 고용인 모습인 이들을 확인했다.

그렇군…….

아무래도 정신적으로도 얽매여 있었나 보다.

자신은 계속 안쪽에 있었던 것이다.

밖으로 나가지 않았다.

마법을 맞아서 혼란스럽기는 했지만 이 정도 사실을 알아차리지 못하다니…….

"여기요." 노바가 이쪽으로 손을 뻗어주었다.

"노릴 건 앞에 있는 남자가 아니야." 그 손을 맞잡으며 그녀의 귓가에 속삭였다. "뒤쪽의 기둥 뒤에 있는 여자야."

"어째서, 인가요?"

"그 녀석의 지팡이만 진짜야."

"그럼, 그것 말고는."

"그냥 나무 막대기."

"확실, 한가요?"

"명백해. 내가 보는 한."

"알겠어요."

하지만 계획을 실행하기 전에 더욱 예상 밖의 일이 벌어졌다.

비스듬히 앞에 있는 마리가 갑자기 가슴을 누르며 몸을 웅크린 것이었다.

꺼질 듯한 신음소리와 함께 거친 숨을 흘렸다. 종자 여성이 옆에 무릎을 꿇고 그녀의 등을 쓰다듬었다. 굳은 얼굴로 주위를 둘러봤다. 고용인 모습인 한 사람이 다가왔다.

"병이에요"라며 종자는 호소했다. "약을 먹고 쉬어야 해요."

"고기 저장제 중지가 결정될 때까지는 아무도 못 내보낸다."

"안 돼요!" 그녀는 비통하게 소리 높였다. "세상에, 사람을 그냥 죽게 내버려 둘 건가요? 폭력적인 수단은 취하지 않겠다고 그랬잖아요!"

"아무도 그 여자를 해치지 않아."

"치료를 받게 해주지 않는 건 폭력이나 마찬가지예요."

종자는 눈물을 글썽이는 눈으로 노려봤지만, 상대는 무시하고 원래 자리로 돌아갔다. 마리 주위의 손님들이 불안스러운 시선을 향했다.

앞으로 15초예요, 노바가 속삭였다. 살짝 몸을 들고 다리에 힘을 싣는 것을 알 수 있었다.

그녀가 말없이 손을 펼쳤다. 가느다란 손가락이 다섯.

익스는 기세 좋게 일어섰다.

"잠깐 괜찮을까?"

그 자리에 있는 모두의 시선이 익스에게 모였다.

한순간 뒤, 많은 일이 시간차 없이 벌어졌다.

날카롭게 바람을 가르는 소리와 함께, 머리 위를 뒤덮은 그림자가 짙어진다.

노바의 모습이 사라지는가 싶더니, 거의 동시에 등 뒤에서 고기가 부딪히는 소리가 울렸다.

떨어진 천 때문에 일시적으로 시야가 가로막혀 안뜰 여기저기서 비명이 터졌다.

익스한테도 천이 드리웠지만 서 있던 덕분에 한발 앞서 주변 상황을 볼 수 있었다. 인질도 적도 관계없이 모두가 무의식적인 느낌으로 머리를 지키며 몸을 숙였다. 고용인 모습인 몇 명이 지팡이 여자가 있던 기둥으로 시선을 향하고서 깜짝 놀란 표정을 짓고 있었다. 대머리 남자에 이르러서는 착란에 빠진 모습으로 눈을 감은 채 지팡이를 앞으로 내질렀다.

그 연장선에 있던 마리가 튕기듯이 뒤쪽으로 쓰러졌다.

마치 그 지팡이에서 마법이 발사된 것처럼.

'……?'

그 모습을 익스는 깜짝 놀라서는 보고 있었다.

남자는 그러고도 지팡이를 마구잡이로 휘둘러댔다.

얼른 그쪽으로 달려갔다. 도중에 누군가의 몸에 걸려서 넘어질 뻔했다.

익스의 접근을 깨닫고 남자는 작게 비명을 터뜨렸다. 그 지팡이 끝이 똑바로 익스에게 향했다.

팔을 뻗었지만 아직 그에게 닿을 때까지는 세 걸음의 거리가 남아 있었다.

이제 끝인가, 그리 생각한 시야 위에서 회색 그림자가 떨어졌다.

그 그림자가 착지했을 때에는 이미 남자는 뒤로 쓰러지고 있었다. 그대로 일어나지 않았다.

"괜찮아요?" 지팡이 조준을 고정한 상태로 유이가 말했다.

"세 번째야"라고 대답했다.

"예?"

비가 내리고 있었다. 안뜰에 있는 사이에 강해진 듯했다. 손바닥으로 눈가를 훔쳤다.

익스는 남자에게 다가갔다. 유이도 뒤따랐다. 정신을 잃은 모양이었다. 발밑에 떨어져 있던 막대기를 주워들었다. 조잡한 성형, 조잡한 절삭, 막대기를 지팡이로 꾸몄을 뿐. 멀리서 봤을 때와 전혀 평가는 변하지 않았다.

마리에게 시선을 향했다. 종자가 안아서 일으키려 하고 있었다. 아무래도 살아있는 듯했다. 그대로 안뜰 반대쪽을 봤더니 노바가 이쪽으로 걸어오고 있었다. 남은 고용인 차림인 자들은 그 자리에 막대기를 내던지고 그녀한테서 거리를 벌리고자 주춤주춤 움직였다.

건물 안쪽에서 여러 발소리가 다가왔다.

웅크리고 있던 사람들도 사태가 수습되었음을 깨달았는지 조금씩 일어섰다. 안도한 표정으로 서로를 마주보고 있었다.

"어, 어째서——."

뒤집어진 목소리가 안뜰에 울렸다.

손님 하나가 이쪽을 가리키고 있었다. 공포인지 분노인지, 온몸을 떨고 있었다.

고개를 돌려서 익스는 옆으로 시선을 향했다.

유이의 얼어붙은 표정.

그 얼굴이 보였다.

8

2층의 방으로 돌아온 뒤로 상당히 긴 시간이 지났다. 소란스럽던 아래층도 상당히 조용해진 듯했다. 대부분의 손님은 이미 돌아갔을 것이다.

도중에 엘리온이 얼굴을 비추었다. "조금만 더 기다리시길" 하면서 오토를 데려갔다. 이미 한밤중이었다. 빗발은 약해졌지만, 실내는 젖은 것처럼 습했다.

익스와 유이는 의자에 앉아 있었다. 옆에 있었지만 대화는 없었다.

조금 전에 주운 나무 막대기를 익스는 한 손으로 만지작거렸다.

무언가가 걸렸다.

이 막대기가 그런 것이 아니라, 지금부터 떠올려야 할 것이 있는 느낌이었다.

문이 열리는 소리가 들리고 노바가 방으로 돌아왔다. 그녀는 이쪽으로 걸어오더니 유이 반대편에 앉았다. 익스와 마찬가지로 원래의 헐렁헐렁한 옷으로 돌아왔다. 그녀의 진짜 역할에 대해서는 조금 전에 막 들었다.

"마리는…… 어때?" 익스는 무겁게 입을 열었다.

"좋지는 않은 모양, 이에요." 평탄한 목소리로 그녀는 대답했다. "대화는 나눌 수 있지만, 상태는 이전보다 나쁘다고, 그래요. 오늘내일로 어떻게 되지는 않겠지만, 이제 그리 길지는 않을 거, 라고."

"그건——."

"약을 먹는 게 늦은 것, 장시간 안뜰에 있던 피로, 그리고 심리적인 부담, 이상의 세 가지가 이유라고, 말했어요." 노바는 앞머리를 흔들었다. 그녀의 눈이 이쪽을 응시하고 있었다. "그 이상 구속이 길어졌다면, 더욱 지독한 상황이 되었을, 테죠. 유이 씨한테도 감사했어요."

익스가 들고 있던 지팡이를 흘끗 보고 그녀는 계속 말했다.

"마법이 사용된 것처럼 보인 건 아마도 착각, 이겠죠. 그때 쓰러지신 것은 다리가 미끄러졌기 때문이라고, 종자 분한테 들었어요."

"……그런가."

"그것 말고는 들을 수가, 없었어요."

그 후, 달려온 경비들이 습격자들을 붙잡았다. 마법 지팡이를 가지고 있던 인간은 둘뿐이고 양쪽 다 유이와 노바한테 쓰러진 것이었다. 나머지는 지팡이를 들이대자 곧바로 포기하고 항복했다.

그들이 누구였는지, 무엇이 목적이었는지, 결국 익스로서는 여전히 불명이었다. 그렇게 이야기하자 노바가 고개를 갸웃거리고 "제 추측, 인데요"라며 입을 열었다.

"알겠나?"

"그들의 주장을 듣기로는, 과격한 탈퇴파였지 않을까, 생각해요." 그녀는 말했다. "알고, 있나요?"

"뭐, 어찌어찌 말이지만."

말레교의 신파 안에도 몇 개의 파벌이 있어서, 교회 내부에서의 개혁을 목표로 하는 혁신파, 독립을 추진하는 탈퇴파, 양쪽의 주장을 도입한 중정파 따위가 대표적이다. 익스도 들은 적이 있었다. 그래요, 라며 고개를 끄덕이고 노바는 계속 말했다.

"탈퇴파는, 억지로라도, 신파의 세력을 넓히려 하고 있어요. 그 분파 중에서도 과격한 일파가, 고기 저장제를 이용해서 반란을 꾸미고 있다는 이야기를, 교회에 갔을 때 들었어요."

"축제를 이용해서——?"

"예." 그녀는 담담하게 이야기했다. "축제로 흥분한 사람들이, 반전이나 나라에 대한 불만을 외치며 반란에 이른 사례는, 종종 관측돼요. 그것을 고의로 일으킬 생각이었던 것, 같아요. 고기 저장제는, 신파와는 양립할 수 없는 행사, 이니까, 민중을 선동해서 망칠 계획이었다든지. 탈퇴파 중에서도 소수의 과격한 집단이니까, 실행은 어려울 거라고 여겼지만요."

"그쪽 계획이 무리일 것 같으니까 이번 연회를 노렸다고?"

"될 대로 되라, 예요."

"그렇다면 계획이 막무가내일 법도 해……." 익스는 고개를 내저었다. "그건 그렇고 잘 아네. 역시 노바 같은 역할을 맡으려면 그런 지식도 필수인가."

"그런 거, 예요."

그 대화를 들으며 유이는 평소와 다름없는 표정을 유지하고 있었다. 그때 얼굴을── 피부를 드러낸 그녀는 금세 평정을 되찾고 차분한 목소리로 응수했다. 엘리온이 잘 얼버무려 주기도 했기에 그 자리에서 규탄을 당하는 일은 없었지만, 그래도 적잖이 지독한 말이 날아들었다. "그녀도 범인의 일원이 아니냐"라며 큰 소리로 말하는 사람마저 있었다. 이번 일로 오브라일가도 책임을 추궁당할 것이다. 오토한테 나쁜 영향이 미치지 않는다면 좋겠는데…….

두 사람의 대화가 끊어진 참에 유이가 제안했다.

"내일, 기덴즈 씨와 함께 노츠월로 가죠."

"그러네." 익스는 받아들였다.

"고기 저장제는 모레였죠? 레이레스트의 축제는 볼 수 없겠네요. 아쉽게도."

"보고 싶었나?"

"뭐, 그런 것도 아니지만요……. 그저 뭐, 그러네요, 나무로 큰 인형을 만드는 걸 봤어요. 그게 무엇에 사용되는지 조금 신경이 쓰이는지도 모르겠네요."

"행진, 이에요." 노바가 대답했다. "대로에서 걷게 만들 거라고, 생각해요. 큰 도시에서는 일반적인 행사, 겠죠."

"아, 그런가요."

익스는 눈을 크게 떴다.

자신의 양쪽 손바닥을 바라봤다.

"그거야⋯⋯."

"예?" 유이가 의아하다는 듯 눈을 끔벅거렸다.

"만들다 만 건가⋯⋯." 익스는 중얼거렸다. "그렇군, 지팡이가 아니니까 떠오르질 않았다. 그런 이야긴가⋯⋯."

"지팡이라니 그거, 말인가요?" 노바가 그의 손에 있는 막대기를 가리켰다.

"응? 어, 아니. 이건 전혀 관계없어. 그건 분명히 가게 창고에 남겨두고⋯⋯ 그렇지, 지금은 누님 가게의 창고에 놓여 있을 테지."

유이가 정면에서 익스의 얼굴을 쳐다봤다.

"저기, 알아들을 수 있도록 순서대로 말해줄래요? 당신의 나쁜 버릇이에요."

"순서대로⋯⋯." 익스는 미간을 찌푸렸다. "그러니까⋯⋯ 그래, 노츠월이야. 노츠월이라는 이름을 들은 기억이 있다고 그랬잖아. 그게 떠올랐어."

"그게?"

"옛날에 그 마을의 인간한테 주문을 받은 적이 있어."

익스는 한숨을 내쉬고 말했다.

"각인 번호 3403 통(通). 내가 처음으로 만든—— 아니, 만들 예정이었던 지팡이야."

1

익스는 뒤를 향해 앉아 있었다. 짐수레의 벽으로 앞과 옆의 풍경이 보이지 않아서 그렇지만, 뒤쪽으로도 시골의 풍경이 이어질 뿐이라서 딱히 재미있지도 않았다. 지면에 새겨진 바퀴자국이 보일 뿐이었다.

전혀 정비되지 않은 길, 그것도 비로 질퍽거리다 보니 늙은 소 두 마리한테는 그야말로 무거운 짐인 듯했다. 가도를 벗어나서 오르막길로 들어선 뒤로는 이미 숨이 간당간당한 수준의 걸음걸이였다. 한편으로 소를 모는 농부는 서두르는 기색도 없이, 짧게 깎은 백발의 뒤통수는 가만히 길 앞을 응시하고 있었다. 과묵한 노인이라 무슨 말을 해도 고개를 끄덕이거나 가로젓거나, 그렇게만 대답했다. 볕에 그을린 피부와 깊은 주름이 그가 지나온 세월을 이야기했다.

짐수레 탑승감은 물론 나빴지만, 그보다도 실린 화물인 거대한 항아리에서 감도는 달콤한 향기에 익스는 기겁하고 있었다. 처음에는 좋은 향기구나, 생각했지만 오는 중에 계속 맡다 보니 역시나 질려 버렸다. 특히 조금 전부터는 비 냄새와 섞여 숨이 막힐 듯이 농후해서 가슴이 답답했다.

아침 해가 뜨기 전에 그들은 레이레스트를 출발했다. 문지기도 자는지 화물 확인이라며 대기소와 짐수레를 왕복하느라 수

속에 시간이 걸렸다. 어젯밤 오브라일가를 나온 것이 심야였으니까 일행 세 사람도 거의 잠을 못 잤다. 출발한 뒤로 얼마 안 되어 유이는 꾸벅꾸벅하더니 노바의 어깨에 머리를 얹고서 쌕쌕 잠들었다. 노바도 자는 모양이었다. 둘 다 짐수레 벽에 기대어 얌전히 쉬고 있었다. 다만 둘 다 얼굴이 가려져 있으니까 실제로 어떤지는 알 수 없지만. 반대쪽에는 기덴즈가 있는데 그 역시도 자고 있었다. 반쯤 벌린 입에서는 그르렁거리는 소리가 새어 나왔다. 눈 아래쪽에는 짙게 다크서클이 남아 있었다.

갑자기 짐수레가 멈춰서 익스는 벌러덩 쓰러질 뻔했다. 길에 무언가 떨어져 있었을까, 그런 생각에 전방으로 시선을 향했다. 농부가 돌아보지 않고 이쪽으로 턱을 까딱거리는 모습이 보였다.

질퍽질퍽 진창을 밟는 소리가 다가왔다. 발소리는 짐수레를 돌아오더니 여자가 나타났다. 가슴에 무거워 보이는 통을 안고 있었다. 먼저 타고 있던 익스와 시선이 마주쳤다.

자신보다 연상으로 보였다. 모르나보다도 몇 살 위이리라. 수수한 생김새에 머리카락이 완만하게 물결쳤다. 키는 평균이지만 날씬하다, 그렇다기보다 비쩍 마른 인상이었다. 복장은 간소한 천이고, 역시나 간소한 앞치마를 걸쳤다. 취사 중에 나온 식모, 혹은 안주인 같은 외모였다. 다리가 진흙투성이만 아니라면.

그녀는 짐수레 위를 둘러보고 놀란 듯 눈을 깜박거렸다. 잠들어 있는 일행을 배려하는지 조용히 통을 실었다. 다음으로 본인이 탑승하려던 참에, 땅바닥의 진창에 발이 미끄러졌다.

순간적으로 팔을 뻗어서 그녀의 어깨를 부축했다. 어떻게든 타이밍을 맞추었다. 조금만 더 늦었다면 이마를 짐수레에 부딪쳤을 것이다.

"고, 고마워."

손을 내밀자 허둥대는 손이 맞잡았다. 짐수레로 끌어올리자 그녀는 익스와 마찬가지로, 뒤쪽을 향해서 다리를 늘어뜨리고 앉았다. 곧이어 짐수레가 움직이기 시작했다.

"그래서, 저기……." 비로 이마에 들러붙은 머리카락을 가르며 그녀는 조심스러운 기색으로 시선을 익스에게 향했다. 작은 목소리고 물었다. "기덴즈의 지인? 아니면 할아버지의?"

"기덴즈의 지인이야."

"어디서?"

"레이레스트."

"그런 도시에서 굳이 뭘 하러 왔어? 마을에 용건——이라고 하면 어감이 그런가. 아, 대답하지 말고 잠깐만. 맞춰 볼 테니까. 그러니까……."

그녀는 팔짱을 끼고서 위를 쳐다봤다. 그 자세 그대로 잠시 침묵했다.

"대답하지."

"아니—, 잠깐잠깐. 조금만 더 있으면 되니까, 응?"

"……알았어."

어째선지 익스는 그러면서 받아들였다. 스스로 자신의 행동에 놀라고 말았다. 그녀의 말에 몸이 멋대로 따랐다. 그렇게밖에

여겨지지 않았다. 분명 가볍게 무시하고 냉큼 대답할 생각이었
는데…….

으─음, 하고 몇 번인가 중얼거린 뒤, 그녀는 검지를 세워들
었다.

"알았어. 축제를 보러 왔을 테지."

"……뭐, 그런 참이야."

"어, 정말? 호오오…… 이상한 사람이네." 그녀는 눈을 동그
랗게 떴다.

"그런가?"

"응, 근처 마을에서 오는 사람은 있지만 레이레스트와 가까운
마을의 사람은 다들 그쪽으로 가버리는걸. 뭐, 도시와 비교하면
이런 마을의 축제 따위, 그렇지?"

축제에 대해서 물어보려고 했지만, 그 전에 그녀가 "아" 하고
소리 높였다.

"벌써 마을이네."

그녀가 가리키는 곳── 길에서 조금 떨어진 풀밭에 하얀 사
각형 돌이 놓여 있었다. 키가 큰 잡목에 반쯤 묻혀 있었다. 마을
의 경계를 의미하는가, 아니면 마수를 물리치는 것일까. 생각하
는 사이에 시야에서 멀어졌다.

짐수레에 무릎으로 서서 전방을 봤더니 밭 가운데로 드문드문
세워진 가옥이 보였다. 상상하던 것보다도 큰 마을이었다. 들었
다시피 근처까지 숲이 펼쳐져 있었다.

마을로 들어서자마자 길가에 오두막이 있고, 그곳이 '할아버

지네 집'이라고 그녀가 가르쳐 주었다. 화물을 넣는 창고는 마을 중심부에 있다며 지금은 그쪽으로 가는 모양이었다.

하지만 그곳에 도착하기 전에 짐수레가 또다시 멈췄다.

"아, 나는 여기까지니까." 그러면서 그녀가 짐수레에서 내렸다. "미안하지만 내리는 거 도와줄래?"

시키는 대로 둘이서 통을 내렸다. 상당한 중량이었다. 들었을 때의 감각을 보면 액체가 들어 있는 듯했다. 혼자서 물을 뜨러 나섰나, 생각했다.

길에서 몇몇 밭을 사이에 두고 그 너머로 커다란 집이 세워져 있었다. 농가가 살기에는 호화로운 집이었다. 숲에서 그다지 떨어져 있지 않아서 멀리서는 검은 나무들을 등에 진 것처럼 보였다. 그곳이 그녀의 집이라고 한다.

"후우, 고마워. 아── 미안해, 이름을 안 물어봤네."

"익스."

"익스 군이구나. 으음, 축제는 내일인데 묵을 곳은 있어?"

"아니, 딱히 없어."

"아하하, 젊은이답게 앞뒤 생각 없는 모습이라 좋네. 그럼 거기서 자고 있는──" 하며 짐수레를 가리켰다. "기덴즈한테 부탁해 봐. 아마도 마련해 줄 테니까. 그래도 안 되면…… 그러네, 우리 집으로 와."

"괜찮나?"

"추천하지는 않겠지만. 우리 집에는 아무것도 없으니까. 아, 이건 에두른 거절이 아니니까 사양하지 말고. ……응, 뭔데?"

"그게, 이름을……."

"아, 깜박했나? 미안미안, 나는 카밀라."

"──카밀라?"

"정확한 발음으로는 카미루아지만, 어느 쪽이든." 그녀는 미소 지었다. "그렇게나 이상한 이름일까."

"그런 게……." 입가를 손으로 가리고 고개를 내저었다.

"레이레스트에서 온 손님이라니 정말로 별일이네. 그럼 운이 없다면 다음에 또 만나자."

"자── 잠깐만."

떠나려는 카밀라를 익스는 저도 모르게 불러 세웠다.

"왜 그래?" 몸을 돌려 익스를 봤다.

"아니, 그게……." 익스는 짐수레로 시선을 향했다. "거기 쌓여 있는 항아리…… 저거, 뭐가 들었는지 아나?"

"항아리?"

"그래. 아침부터 계속 같이 있었더니 머리가 어질어질하다고."

"응─? 으─음, 그러니까…… 뭐였더라."

"벌꿀술."

"예?"

카밀라가 아니라 중후한 목소리가 대답해서 무심코 익스는 되물었다.

"벌꿀술이야." 목소리의 주인──백발의 농부가 여전히 앞을 보며 되풀이했다. "축제에서 마시는 게 관례지."

말할 수 있었나, 무심코 그리 말하려다가 도중에 그만뒀지만 어쨌든 대답은 없었을 것이다.

2

짐수레는 한동안 더 나아갔다.

어디를 봐도 밭이 펼쳐져 있었다. 비 때문인지 밭일을 나온 사람의 모습은 적었다. 몇 명인가 근처를 지나가는 짐수레로 시선을 향했지만 금세 흥미를 잃고 다시 땅을 만지기 시작했다.

지금이 수확 시기였다. 대부분의 밭에는 아무것도 심어져 있지 않았다. 농작물이 남아 있는 밭도 있지만 수확을 마치지 않았는지 아직 철이 아닌지, 익스로서는 분간이 가지 않았다.

이윽고 건물이 몇 채 모여 있는 장소에 도착했다. 지면이 평평하게 다져져서 작게 광장을 이루고 있었다. 그곳에서 소의 걸음은 뚝 멈췄다. 농부가 지시한 것처럼 보이지는 않았지만, 여기가 맞는 듯했다.

농부는 가장 가까이에 있는 건물의 문을 열었다. 벽을 따라서 선반이나 항아리가 겹겹이 쌓여 있고 그 밖에도 농기구 같은 것이 굴러다녔다. 안쪽은 어두워서 보이지 않지만 거주에 적합한 공간이 아님은 명백했다. 여기가 창고이리라.

"……으응?" 기덴즈가 눈을 반쯤 떴다. 주위를 둘러보고 크게 하품을 했다. "자, 아가씨들. 도착했다고."

말을 건네자 유이와 노바도 고개를 들었다. 역시나 자고 있었나 보다.

그동안에도 농부는 묵묵히 작업을 진행하며 짐수레로 올라왔다. 익스와 다른 세 사람도 도와주기로 했다.

화물을 창고로 옮겼다. 어느 것이든 레이레스트에서 구입한 물건이리라. 보존 식량이나 조미료 같은 식품 외에 철제 도구나 양초 같은 일상용품까지, 내용물은 다양했다. 마을에서 만든 물건을 레이레스트에서 팔아서 필요한 것을 한꺼번에 사온다고 한다.

하지만 여기서도 예의 항아리가 무척 성가셨다. 일단 무거워서 익스의 완력으로는 들 수도 없었다. 몇 명이 매달려 짐수레에서 내리고 농부가 아래쪽에서 받아들었다. 바닥에 굴려서 창고 안쪽으로 들어갔다.

그 밖에도 자잘한 물건들이 쌓여 있어서 몇 번인가 짐수레와 창고를 왕복했다.

농사용 창고라고 생각했지만 입구 근처에 있는 나무상자에는 화사하게 치장한 나무 조각이나, 피리나 북 같은 것도 놓여있었다. 별 생각 없이 몸을 웅크리고 관찰했다.

"축제에 사용할 도구로군." 한 손에 병을 든 기덴즈가 그런 익스의 모습을 알아차리고 말했다.

"내일은 즐겁겠어."

"음악을 좋아하나?"

"이것 참, 어린애도 아니잖아? 고기 저장제라면 말이야, 고기와 술을 실컷 먹고 마시는 날이잖아. 음, 벌써부터 기대되네."

적어도 성실한 말레교의 성직자가 해도 될 발언은 아니었다.

강독사라면 괜찮다, 그런 규칙이라도 있는 것일까.

그때 입구 쪽에서 새로운 목소리가 들렸다.

"이런, 도와주러 왔더니……." 탄탄한 체격의 남자가 안을 들여다봤다. 역광이라 얼굴은 잘 안 보였다. "벌써 끝나 버렸나?"

"보다시피." 밖으로 나가며 기덴즈가 양팔을 펼쳤다.

"아쉽네. 돕는 김에 한 입만 맛을 볼 생각이었는데……. 어라, 이분들은?"

"레이레스트에서 온 손님이야. 이 마을의 축제를 보고 싶어 하는 별난 사람들이라는데."

"호오, 그건 또 대단하시네……."

"유이라고 해요."

입구 근처에 있던 유이가 머리를 숙였다. 노바와 익스도 이름을 대며 창고 밖으로 나갔다.

마른 체구인 기덴즈와는 대조적으로 팔도 다리도 무척 두꺼웠다. 근육과 지방이 탄탄하게 붙은 중년 남자였다. 턱에는 멋진 수염을 길렀다. 눈매가 가늘어서 항상 웃는 얼굴로 보였다. 목소리가 크고 얼굴이 붉은 것이 취한 모양이었다.

"하하하. 뭐, 나도 너희랑 같은 외부인이지만 말이야." 남자는 과장스럽게 웃었다. "나는 가스라고 해. 사는 곳은 근처 마을이지만 축제를 도우려고 이곳에 와 있지."

"이 녀석의 마을에서는 축제 전에 술을 줄이는 걸 돕는다고 그러거든." 기덴즈가 어깨를 으쓱였다. "아들이 운다고."

"이것 참, 조금이라도 가볍게 만들어 주려는 배려잖아. 아들도 기뻐하다마다. 사제님이 다른 사람의 선행을 부정해서 어쩌려고?"

"그러니까 나는 사제가 아니고 강독사라니까."

"어라, 그랬던가. 하하하하하." 가스는 배를 흔들며 웃었다. "안쪽에 실례 좀 하지. 확인하고 싶은 물건이 있어서 말이야."

어느샌가 다른 마을 사람들도 모여들고 있었다. 한가한 젊은이와 아이들이었다. 가스와 마찬가지로 근처 마을에서 도우러 온 사람도 많아 보였다. 내일은 더욱 많은 인원이 모인다고 한다.

그들도 축제의 열기에 들떴는지 모르는 상대에게 흥미진진한 느낌으로, 익스 앞으로 밀려들었다. 유이와 노바의 모습을 찾았더니 슬그머니 집단에서 빠져나가서는 관망 중이었다.

"당신, 레이레스트에서 왔다는 게 정말이야?"

"그래."

"호오오, 상인인가?"

"지팡이 장인 수습이야."

"이것 참, 사람 죽이는 도구 장인이냐, 무서워라."

다들 확 들떴다. 비웃음이나 야유 같은 느낌은 전혀 없으니까 아마도 그들 나름대로 환영하는 것이겠지만 익숙하지 않은 분위기였다.

떠드는 사이에 농부는 말없이 화물을 정리하고 다시 마차에 올라탔다. 고삐를 당겨서 온 길을 되돌아갔다. 뒷모습을 향해 "잘 가, 할아버지" "또 부탁할게"라며 모인 사람들이 말을 건넸다. 일단 익스도 감사를 전했지만, 과연 그 말을 들었는지는 확실하지 않았다.

"할아버지, 말을 안 하거든." 창고에서 나온 키 작은 아이가 익스에게 말했다. 살짝 조숙한 말투의 소녀였다.

"말을 안 하는 건 아니겠지."

"하지만 아무도 목소리를 들은 적이 없으니까."

"저 사람은 너네 할아버지야?"

"너가 아니라 욘다야."

"욘다네 할아버지야?"

"누구네 할아버지도 아니야. 다들 그렇게 부를 뿐이지."

"그렇군."

"있지"라며 욘다는 옷자락을 잡아당기고 유이와 노바가 있는 쪽을 가리켰다. "저 언니는 어째서 얼굴을 가린 거야?"

"얼굴을 드러내고 싶지 않은 이유가 있겠지."

"흐응……. 당신은 본 적 있어?"

"그래."

"어떤 얼굴이야?"

"평범한 얼굴."

"그럼 왜 감추는 건데? 보여 달라고 부탁하면 나한테도 보여 줄까?"

"글쎄, 어려울 것 같은데."

"어째서?"

"저쪽이 키가 크니까." 익스는 몸을 숙여 속삭였다. "그보다도 나는 저 할아버지가 이야기하는 걸 들었어."

"어? 언제?" 그녀는 깜짝 놀란 표정으로 눈을 끔벅거렸다.

"조금 전에."

"뭐라고 그랬어?"

"벌꿀술."

젊은이들의 흐름에 떠내려가듯이 걸어가자 집회소 같은, 넓은 건물로 인도되었다. 옆쪽으로 제대로 된 구조의 우물이 있었다. 안으로 들어가자 벽 쪽에 간이식 화로가 설치되어 있고 커다란 냄비가 불에 올라가 있었다. 졸려 보이는 눈빛의 남자 하나가 피어오르는 수증기를 올려다보고 있었다. 그 밖에도 잡다한 짐을 벽 쪽으로 모아두었고, 누군가 내일 축제에 낼 요리와 도구라고 가르쳐 주었다.

보아하니 젊은이들 외에 연배가 있는 마을 사람들도 속속 모여들었다. 다들 자리를 찾아서는 적당히 앉았다. 몇 명은 건물로 미처 들어오지 못하고 밖에 서 있는 꼴이라 익스 일행은 벽까지 몰리고 말았다. 무슨 일이 시작되는 것일까.

"좋아, 내가 가짜 강독사가 아니라는 걸 살짝 보여주지." 기덴즈가 다가와서는 싱긋 웃었다.

한 손에 작고 두꺼운 책을 든 기덴즈가 안쪽의 빈 장소로 나서자 순식간에 떠들썩해졌다. 이러쿵저러쿵 떠드는 목소리가 높아졌다. 가볍게 손을 들어 그는 그것을 막았다.

"내일은 축제다." 잡담처럼 이야기했다. "아무리 고마운 이야기를 들려주더라도, 어차피 다들 술 마시러 빠져나가 버리겠지? 그러니 지금만큼은 얌전히 들어줘."

"그냥 읽는 것뿐인 주제에 거만하다고"라며 야유가 날아들고 다들 소리 높여 웃었다.

"그럼 너는 읽을 수 있겠어?"

"읽을 수 있어. 아니, 네가 가르쳐 줬잖아."

"안타깝지만 내가 가르쳐 준 정도로는 아직 못 읽거든." 기덴즈가 여유로운 표정으로 되받아쳤다. "알겠나? 아무리 주님께서 감사한 말씀을 남겨주셨더라도 그 내용을 몰라서는 의미가 없어. 그러니까 이렇게 가르침을 읽어주는 나는, 주님의 다음다음다음 정도로 고마운 존재라는 소리야. 존경하라고."

"존경받을 행동부터 하고 말해." 또다시 누군가가 야유했다.

"흐흥, 꽤나 괜찮은 소리를 하는데."

한 번 고개를 끄덕이고 그는 손에 든 책을 팔락팔락 넘겼다.

"좋아, 그럼 오늘은 그것에 대해서 이야기하지. 다른 사람에게 존경받는 행동이란 무엇인가? 그리고 사람을 존경한다는 것은 무엇인가——."

그렇게 기덴즈가 이야기를 시작했지만, 시작이 그랬던 것처럼 그의 이야기는 일반적인 설교와 전혀 달랐다. 청중들은 엄숙하게 입을 다물고서 듣지 않았다. 끊임없이 야유나 모순점을 지적하고 그럴 때마다 기덴즈가 시원시원하게 대답했다. 그러면서도 물 흐르는 것 같은 이야기는 끊임이 없었다. 그저 읽는 것만이 아니라 난해한 부분이 나오면 속된 비유로 설명하고 그럴 때마다 웃음이 터졌다.

익스는 옆에 서 있는 노바의 표정을 살폈다. 시선은 모르겠지만 열심히 듣고 있는 모양이었다.

약 한 시간 정도 지나서 기덴즈의 설교는 끝났다.

마을 사람들은 왁자지껄 떠들면서 집회소를 뒤로했다. 젊은이들도 다른 준비가 있다며 작별을 고하고 나가버렸다. 몇 사람밖에 남지 않았다.

기덴즈가 이쪽으로 걸어왔다.

"여어, 어땠어. 남자다운 내 모습은?"

"괜찮았어요." 노바가 곧바로 대답했다.

"틀렸다든지, 그런 건 없었나?" 익스는 물었다.

"딱히. 전달 방식에 문제는, 없었지만요."

"흐흥, 앞머리 아가씨, 꽤나 보는 눈이 있네." 기덴즈는 표정을 풀었다. "그럼, 후드 아가씨는 어땠어?"

"좋은 이야기 방법이었다고 생각해요."

"담백하네……. 뭐, 내 일은 이런 거야. 그리고 마을 녀석들의 상황을 보고, 무슨 일이 있다면 세례나 화장 같은 일을 하는 것뿐이야. 편한 일이지."

"가능하다면 하나 더 부탁하고 싶어." 익스가 말했다.

"그건 부탁의 내용에 따라서."

"갑자기 온 우리 잘못이지만, 오늘 밤에 묵을 장소가 없어. 어딘가 소개해 주지 않겠나. 벽과 지붕이 있다면 충분한데."

아아, 그리 중얼거리더니 기덴즈는 팔짱을 꼈다. 수염이 덥수룩한 턱을 손바닥으로 쓰다듬으며 잠시 생각에 잠겨 있었다.

"어디 비어있는 곳은 없으려나?"

"아니…… 헛간 같은 곳이라면 비어 있겠지만 추천은 못 하겠네." 그는 미간을 찡그렸다. "가을이라고는 해도, 이미 이 시기가 되면 아침저녁으로는 추워. 손가락이 부어도 괜찮다면 소개하겠지만, 당신은 장인이잖아? 그렇다고 해서 말이지…… 아까봤다시피 오늘은 다른 마을에서 온 녀석들 때문에 묵을 수 있을법한 장소는 꽉 찼어. 남자 하나라면 어떻게든 밀어 넣겠지만아가씨들이 있으니……."

"으음, 어쩌죠." 유이가 중얼거렸다.

"아니, 그렇다면 방법이 없지는 않아." 익스는 말했다.

"오, 어느 집인데."

"카밀라의 집이야."

유이와 노바가 고개를 갸웃거리기 전에 기덴즈는 "뭐"라며 크게 소리 높였다. 집회소에 남아 있던 사람들의 시선이 이쪽으로향했다.

아무것도 아니라며 가볍게 손을 흔들고 그는 익스의 어깨에팔을 둘렀다. 그대로 집회소 구석까지 데려갔다. 수염이 난 얼굴을 불쑥 들이밀고 목소리를 낮추었다.

"이, 이봐, 어떻게 네가 카밀라와 알고 있지?"

"안다고 할까, 조금 전에 대화를 나눴어."

"허어? 조, 좀 전이라니 언제."

"이 마을로 오는 도중에. 물을 떠서 돌아가는 참에 짐수레를탔지."

"뭣……." 기덴즈는 억누른 목소리로 말했다. "너, 어째서 그

녀석이 탔는데도 날 안 깨웠어?"

"자고 있었으니까."

"……그래서, 어쩌다 거기 묵는다는 이야기가 됐는데."

"어쩌다라고 그래도……. 너한테 물어보고 묵을 장소가 없다면 자기 집으로 오라고 그쪽에서 먼저 권유했어."

체념한 것 같은 표정을 짓더니 기덴즈는 어깨에서 손을 뗐다. 남겨진 유이와 노바를 향해 말했다.

"알았어. 오늘 밤에는 그 녀석의 집에서 묵도록 해. 다만——." 그는 진지한 표정을 지었다. "나도 가겠어. 그래도 괜찮겠지?"

"예, 물론 괜찮은데요." 의아하다는 듯이 유이가 고개를 끄덕였다.

"좋아, 결정됐네. 나는 내일 일로 상의할 게 있지만, 그게 끝나면 저녁 식사를 가져다주지. 카밀라한테 그렇게 전해둬. 알겠나, 날 빼놓고 저녁을 먹지 마. 특히 익스, 너한테 하는 말이라고."

"그렇게 식탐을 부리진 않아." 익스는 무표정하게 대답했다.

3

카밀라의 집으로 가기 전에 마을을 둘러보기로 했다. 그렇다고는 해도 대부분은 밭이 펼쳐져 있을 뿐이라서 눈에 띄는 것은 없었다. 지금은 축제 준비로 떠들썩하지만. 레이레스트에 사는 사람의 눈으로 보기에는 그저 평범한 농촌이라는 것 말고는 할 말이 없었다. 아침의 가랑비가 아직도 계속 내리고 있었다.

　가로막는 것이 없으니 전망은 좋아서 어디에 있든 마을 전체가 보였다.

　노츠월의 지도는 간단히 그릴 수 있었다. 우선 남동쪽에서 북서쪽을 향해 큰 길이 뻗어 있다. 짐수레는 남동쪽에서 왔다. 그러니까 레이레스트가 있는 방향이다. 마을 사람도 그쪽이 입구라는 인식인 듯했다. 수도에 가까운 쪽이라서 그럴 것이다. 마을로 들어오면 서서히 건물의 숫자가 늘어나서 중심부가 가장 많고 북서쪽으로 갈수록 줄어든다.

　삼림은 마을 서쪽에 있다. 그 주변의 밭은 숲을 따라서 일그러진 형태였다. 근처에 가옥은 전혀 세우지 않았다. 예외는 이곳으로 오는 도중에 본 카밀라의 집뿐이었다. 보통은 숲의 마수를 피하기 위한 것으로 생각하겠지만, 이 마을에서는 사정이 다르다. 숲과 마을 사이에는 아무런 경계도 없어서 숲 역시도 마을의 일부처럼 되어 있는 것이었다.

　그러니까 마수가 두려워서 떨어진 것이 아니었다.

　마침 밭에서 나온 마을 사람이 있었다. 50대 정도의 여자였다. 주름은 있지만 근육질의 체격이고 햇볕으로 거무스름하게 탔다. 이쪽을 노려보듯이 바라봤다.

　"안녕하세요"라며 유이가 인사했다. "오늘 아침부터 이 마을에 신세를 지고 있어요. 시끄럽게 해서 죄송합니다."

　"아, 레이레스트에서 왔다는 유별난 사람들인가?" 거친 말투로 그녀는 말했다.

"예, 뭐, 그런 사람이라……."

"호오오……." 그녀는 세 사람을 빤히 살펴봤다. "들었던 것처럼 겉모습도 이상한 녀석들이네. 앞머리에, 후드에, 기분 나쁜 표정인가. 대체 무슨 조합이야?"

"어, 뭐, 어쩌다 보니 그렇다고 할까요."

"흐—응. 뭐, 내일 축제는 마을 사람이든 외부인이든 그런 건 관계없으니까 적당히 즐기도록 해. 밥을 먹어도 아무도 불평하지 않아."

"감사합니다."

유이가 머리를 숙이는 옆쪽으로, 익스가 앞으로 나섰다.

"하나 물어보고 싶은 게 있어."

"오, 이번에는 기분 나쁜 얼굴의 등장인가. 뭐지?"

"마녀에 대해서 뭔가 아는 게 있나?"

마녀라는 단어가 나온 순간, 상대의 표정이 굳어졌다. 그대로 억지 미소를 띠고서 천천히 좌우로 시선을 향했다.

"이야기할 수 없나?" 익스는 물었다.

"……그렇군." 그녀는 한숨을 내쉬었다. "아니, 이야기를 못 하는 건 아니야. 특히 외부인인 당신들한테는 누가 말해둬야겠지. 하지만…… 그다지 꺼내고 싶은 화제는 아니거든."

"대략적으로는 이미 알고 있어. 숲에 살고, 몇 백 년이나 살아 있고, 가끔씩 사람을 먹는다."

"그걸로 충분해. 그 이상 뭘 알고 싶다는 거야?"

"20년 전이야." 그녀를 응시하고 말했다. "이 마을의 갓난아기가 마녀한테 먹혔다고 들었어. 알고 있나?"

여자는 긍정도 부정도 않고 그를 마주 봤다.

팔에 힘이 실려 있었다. 팽팽하게 긴장한 것을 알 수 있었다.

"……알아." 천천히 그녀는 고개를 끄덕였다. "하지만 자세히 아는 건 아니야. 게다가 당신의 정보는 아주 조금 잘못됐어."

"그건, 어디가?"

"먹힌 건 이 마을의 갓난아이가 아니야. 외부인의 아이지."

"뭐? ……외부라는 건, 구체적으로는."

"아니, 그건 모르겠어. 당신은 모를지도 모르겠지만, 20년 전은 소니므가 유행하던 시기야. 그 임산부는 소니므에 걸려 고향 마을에서 쫓겨났다더군. 방황하던 끝에 이 마을 근처에서 쓰러진 거야. 그녀를 이 마을 녀석이 주웠지."

"어, 어째선가요?" 유이가 끼어들었다. "쫓겨난 병자를——?"

"여기서는 이미 소니므가 돌고 있었거든. 환자가 몇 명이나 나오고 매일같이 사람이 죽었어. 당신들도 봤잖아? 이 마을에는 젊은이랑 아이들이 많아. 병이 종식된 뒤에 태어난 아이들이 간신히 자란 참이지. 그러니까 뭐, 이제 와서 병자가 한둘 늘어나도 아무 상관없다는 느낌이 있었어. 아니, 물론 반대하는 사람도 나왔지만, 주운 녀석이 직접 돌본다고 그래서 내버려뒀어. 그리고 아이가 태어났는데, 출산 과정에서 어머니는 죽어버렸지. 그게 딱 이 시기였어. 수확제 따위를 할 때가 아니었지만 그래도 일단 체재는 갖추자며 공물 정도는 바쳤어. 하지만 말이야——그 녀석한테는 인간의 사정 따윈 관계없겠지. 그 해에도 당연하다는 듯이 나타났어."

그녀는 입술만을 움직여 "마녀가"라고 소리없이 말했다.

"자기 아이나 가족이라면, 필사적으로 지키겠지만…… 친척도 없고 기를 부모도 없는 아이는 아무도 신경 쓰지 않았어. 그래서……" 잠시 머뭇거린 뒤, 그녀는 말했다.

"그래, 그 갓난아기가 사라졌어. 내가 이야기할 수 있는 건 이것뿐이야. 당신들도 축제로 들뜨는 건 괜찮은데, 마녀가 오면 얼른 도망쳐. 먹혀도 된다면 모르겠지만."

"명심해 둘게."

"이야기는 이걸로 되겠어?"

"그래. 감사하지."

"그쪽의 당신은?" 그녀는 익스의 등 뒤로 시선을 향했다. "후드, 기분 나쁜 얼굴이 나왔는데 앞머리는 등장하지 않아도 되겠어?"

"예." 노바는 곧바로 고개를 끄덕였다.

그 후로도 만난 마을 사람에게 이야기를 들어봤지만 비슷한 내용이나 혹은 전혀 이야기를 해주지 않는 상대, 둘 중 하나라서 그 이상의 정보는 얻을 수 없었다. 갓난아기 이야기가 나오면 그 순간에 말끝을 흐리고 말았다. 다른 마을의 사람들한테도 알려지기는 한 모양이지만 이쪽은 더욱 애매해서, 마녀한테는 구부러진 엄니가 나 있다느니 혀가 둘로 가라져 있다느니, 명백하게 과장된 내용밖에 이야기하지 않았다.

아니, 정확한 모습을 모르니까 과장이라고 단언할 수는 없었다. 하지만 아무래도 마녀의 그림자가 보이는 것과 동시에 모두가 뿔뿔이 흩어져서는 도망쳐 버리니까 그 모습을 제대로 본 인간이 없다는 것 같다. 시커먼 옷을 입은 그림자, 라는 정도밖에 알 수 없었다. 공통된 점은 '어쨌든 무시무시한 존재였다'라는 것 정도였다.

그렇지만 이 마을을 조금 더 조사하려고 해도, 당연하겠지만 이런 농촌과 관련된 기록 따윈 남아 있지 않았다. 읽고 쓸 수가 없는 사람이 대부분인 것이다. 기덴즈가 이야기했던 기록은 있다지만 그것이 보관되어 있는 곳은 멀리 교구교회라서 지금 갔다가는 축제를 놓치게 된다.

슬슬 카밀라의 집으로 가자고 생각해서 세 사람은 마을 남동쪽으로 걸음을 옮겼다.

문득 강한 바람이 불어서 유이의 후드가 벗겨질 뻔했다.

"위험해라……." 그녀는 황급히 고쳐 썼다. "그건 그렇고, 그다지 유익한 정보는 없었네요."

"새로운 정보가 딱 하나 있었지." 익스가 말했다. "유익한지는 알 수 없지만."

"그건?"

"마녀가 사람을 먹는 모습을 실제로 본 녀석은 없다──라는 사실이야."

"어, 하지만……."

"20년 전에 목격된 것은 마녀가 갓난아기를 데려가는 광경이었어. 마리도 숲으로 데려갔지만 실제로 먹지는 않았지. 먹겠다고 예고해서 도망쳤으니까."

"그러니까…… 그건 무엇을 의미하는 걸까요." 유이는 복잡한 표정을 지었다.

"글쎄. 사람한테도 먹을 시기가 있다든지? 비계가 취향일지도 모르지."

"……역시 마녀가 나타나는 걸 기다릴 수밖에 없겠네요."

"기다린다……. 단순히 생각해서, 숲으로 들어가면 안 될까?"

"예? 어떨까요, 금지된 건 아닌 모양인데……."

"실제로 예의 이인조는 축제와 관계없이 마녀와 만났을 테지? 내 예상이지만, 멋대로 숲으로 들어갔다가 조우한 게 아닐까?"

"그 결과, 마녀에게 협박을 당하게 되었지만요."

"그러니까 그게 이상하단 말이지……." 익스는 고개를 갸웃거렸다. "마녀의 목적을 전혀 알 수가 없어. 에네드의 엄마를 넘기고는 그걸 조합에 제출하라고 그랬잖아? 그래서 무슨 일이 벌어지지?"

"가격 폭락이, 벌어져요." 노바가 지적했다.

"뭐, 그렇겠지만 그 부분에서 갑자기 통속적으로 변하는 이유를 모르겠어. 사람을 먹는다든지 그러면 뭐, 처음부터 끝까지 의미가 불명이니까 도리어 납득할 수 있어. 하지만 이쪽은 어중간하게 이해가 되니까 그만큼 영문을 알 수 없어. ……어라, 뭔가 모순된 이야기를 했나."

"아뇨, 말하려는 의미는 알겠어요." 고개를 끄덕이고 유이는 말했다. "모순이라고 할까, 마녀를 어떻게 판단할지 확실하지 않으니까 혼란스럽겠죠. 이해가 미치지 않는 이질적인 존재인가, 아니면 어디까지나 강력한 마법사인 인간인가. 두 이해가 뒤섞여 있는 거예요. 하지만 이거야말로 직접 만나보지 않고서는——."

그런 대화를 계속하던 참에, 등 뒤에서 불러 세우는 목소리가 들렸다.

돌아보니 조금 전에 만난 남자——가스가 한 손을 들고서 이쪽으로 다가오고 있었다. 걸음을 멈추고 그가 오기를 기다렸다.

"여어, 세 분." 다가온 가스가 말했다. "도시 분들한테 이 마을은 지루하지 않나?"

"아뇨, 그렇지는." 유이는 손을 내저었다.

"그렇다면 다행이야. 그런데 조금 전에 기덴즈가 축제 식사를 슬쩍 빼돌렸는데, 짚이는 이유는 있나?"

"저기, 그건 아마——."

"어, 아니. 역시 손님을 위해서 그랬나. 아니, 그걸 타박하러 온 게 아니야. 녀석이랑은 친하니까 나도 조금 융통성을 발휘해 뒀어. 그게 아니라……." 소리를 낮추어 계속 말했다. "여러분은 오늘, 카밀라의 집에서 묵는다고 들었는데 그건 정말인가?"

"그럴 예정이야." 익스가 대답했다.

"그런가……."

가스의 눈썹이 곤란하다는 듯한 각도로 구부러졌다. 오른손으로 왼팔을 몇 번인가 쓰다듬었다.

"문제가, 있나요?" 노바가 살짝 고개를 갸웃거렸다.

"아니…… 문제라고 할 건 아니지만." 그 체구에 어울리지 않게 참으로 소극적인 말투로 바뀌었다. "그게 말이야…… 일단 이야기는 해야 할 것 같으니까 말해두겠는데, 그녀는 그게, 뭐라고 할까, 우습다고 여길지도 모르겠지만……."

머뭇거린 뒤, 뜻을 다진 것처럼 그는 말했다.

"저주──야."

"어?" 무심코 익스는 소리를 높였다.

"그게 말이지…… 어릴 적에 그녀는 가족을 잃었어. 재산도 토지도 대부분 잃고, 지금은 가까운 마을의 젊은 남자를 집으로 끌어들여서는, 그게, 판다는 소문까지 있어. 그리고 그 이유라는 게, 아무래도 마녀한테 저주를 받아서 그렇다고들 해."

"잠깐만요. 이유라니, 무슨?" 유이가 물었다.

"가족을 잃은 것──이 발단이 된, 것처럼 불행이 쏟아진 이유야. 그녀의 집을 봤나? 그렇게나 숲과 가까운 곳에 세워진 집은, 마을에서는 거기뿐이야. 그래서 그런지 어릴 적에 그녀는 몇 번이나 마녀의 거처로 발길을 들였다더군. 그때 마녀에게 저주를 받았다──고 들었어. 그래서 뭐, 마을 사람들은 그녀와는 거리를 두고 있지. 딱히 괴롭히는 건 아니지만 적극적으로 관여하지는 않아. 기덴즈 녀석은 성직자니까 돌봐주고 있지만……."

"그러니까 조심해라, 그러려고 왔나?" 익스는 미간을 찌푸렸다.

"뭐, 뭐어, 그냥 그런 소문이 있다는 것뿐이야. 그, 그럼."

부끄러운 듯이 목을 움츠리고 가스는 온 길을 되돌아갔다.

뭐, 카밀라가 무엇을 하든지 그저 숙박하러 가는 것뿐인 자신들과는 관계없는 일이다. 저주에 대해서는 미신──이라며 일축하고 싶은 참이지만, 마녀가 사용하는 미지의 마법일 가능성이 있다. 생각할 것이 또 늘어나 버렸다.

다시 길을 걸으며 유이가 익스에게 물었다.

"카밀라 씨는 어떤 분이었나요? 그게, 그러니까──."

"저주받은 인간과 대화한 적이 없으니까 불명이야."

"아니 뭐, 그럴 테지만요."

"게다가"라며 익스는 진행 방향을 가리켰다. "이제는 직접 만나보는 편이 빠르겠지."

4

"이것 참─, 설마 아가씨가 두 사람이었다니. 지내기 좀 불편할지도 모르겠지만 뭐, 젊으니까 좀 참아줘."

"아, 아뇨……." 유이는 동요가 목소리로 나오지 않도록 애매하게 대답을 했다.

"어라, 실내에서도 그 후드를 안 벗는구나. 뭔가, 사연이라도 있다든가?"

"예, 뭐……."

"호─, 멋있네. 아, 미안해, 유이. 무신경한 소리를 했을까."

"그렇지는……."

"그리고, 노바는 정말로 말을 안 하네."

"예." 노바가 고개를 끄덕였다.

"『예』라니, 아하하…… 응응, 솔직해서 좋아."

세 사람을 카밀라는 밝게 맞이하고, 지금은 한창 집 안을 안내하는 중이었다. 단층집이고 방이 몇 개나 있었다. 아마도 이 마을에서 가장 큰 집이리라. 유이는 놀라움을 감추느라 신경을 써야만 했다.

호화로운 집── 때문이 아니었다.

이런 큰 집에 아무것도 없다는 사실 때문이었다.

아니, 아무것도 없다는 것은 과언일지도 모른다. 현관으로 들어가서 바로 나오는 방에는 작은 정사각형 탁자와 의자 두 개가 놓여 있었으니까.

하지만 그것 말고는 아무것도 없었다.

어느 방으로 가든지 아무런 가구도 없었다. 일상용품도 없었다. 손도 안 댄 바닥과 벽과 천장 외에는 무엇 하나 없었다. 사람이 사는 집으로는 여겨지지 않았다. 주인이 떠난 빈집이라도 조금 더 생활의 흔적이 있을 것이다.

정말로 그녀는 살아있는 인간인가. 유이는 그런 의심마저 생길 지경이었다.

이 방을 써, 라며 안내한 방에도 당연히 아무것도 없었다. 현관에서 가장 안쪽에 있는 방으로, 창밖에서는 숲의 나무가 흔들리고 있었다. 바람이 불더니 꺼림칙한 소리를 울렸다.

"손님이 온 적은 없으니까 침상도 없어서 미안하네. 뭐, 천장이랑 벽이 있는 야영이라고 생각해. 비도 안 새고."

"아뇨, 고맙습니다."

"감사, 합니다."

오늘 아침의 짐수레와 비교하면 낙원 같은 환경이었다. 불평 따위가 있을 리도 없었다. 하고 싶은 말은 불평이 아니라 조금 더 다른 의문이었다.

방 밖에서 발소리가 다가오고 익스가 문을 열었다.

"카밀라, 이야기를 좀 하고 싶은데——."

"여자 방에 확인도 없이 들어오지 마!" 그를 가로막고 카밀라 가 말했다. "게다가 이야기는 나중에 하자고 그랬지? 조금 더 기다려."

"……알았어."

복잡한 표정을 드러낸 뒤, 익스는 문을 닫고 나갔다. 평소의 그라면 어떻게든 물고 늘어질 법도 한데 어째선지 그녀의 말은 순순히 들었다. 거북한 성격일까, 유이는 의외라고 생각했다.

하지만 이 집의 이상한 점들은 대체…….

가족을 잃고 재산이 없다고는 해도 이렇게까지 되지는 않을 것이다. 가구나 일상용품을 팔더라도 가치가 없는 물건이 나올 터. 처분하는 것도 수고가 들 테니까 책상과 의자만 남아 있을 일은 없다.

그 책상과 의자가 있는 방으로 돌아왔다. 천을 깔고 바닥에 앉 았다.

"으──음, 그럼…….." 맞은편에 앉으며 카밀라가 말했다. "익스 군의 이야기를 들어볼까. 내가 대답할 수 있는 내용이라면 좋을 텐데."

"그 전에 하나 확인해 줘." 익스는 선 채로 상대를 내려다봤다.

"그래, 하나가 아니라 둘이든 셋이든."

"카밀라, 본명은 카밀라 토아—— 아버지의 이름은 도엔 토아 로군?"

그녀는 미소 그대로 고개를 갸웃거렸다.

"나, 그런 이야기까지 했던가."

"그리고 옛날에 문지르 알레프에게 마법 지팡이를 주문한 적이 있지."

"…………." 카밀라는 몇 번 눈을 깜박이고 천천히 물었다. "너, 누구야?"

"문지르의 제자다."

"……그런 거구나."

"15 아니, 14년 전인가." 그녀에게 진지한 눈빛을 던졌다. "스 승님의 가게에 도엔이라는 이름의 남자가 찾아와서 지팡이를 주문했지. 부탁한 것은 자신의 딸—— 노츠월에 사는 카밀라에 게 줄 지팡이. 지팡이의 사양에 대해서 상담을 하고 그 자리에 서 주문은 성립됐어. 반년 뒤에 완성될 예정이었지. 수령할 때 에는 딸도 데려온다고 하며 그는 가게를 나갔고. 한 달 뒤, 노츠 월에서 편지가 와서 주문을 취소했지."

"잘도 기억하네." 감탄한 표정으로 그녀는 고개를 끄덕였다. "나는 이미 건망증이 엄청 지독해져 버렸는데."

"나도 최근에서야 떠올랐어. 지팡이에 사용하는 레닐도, 심 재(芯材)인 수정(樹晶)——엣시도 좋은 물건이 들어왔지. 최상급

품은 아니지만 좋은 재료가 될 터였어. 어째서 갑자기 취소했는지…… 한동안 납득하지 못한 채로 지냈거든. 옛날 일이라 잊고 있었지만…….”

“그런가……. 지팡이 장인이구나, 익스 군은.”

“장인이 아니라 수습이야.”

“하지만 제자잖아? ……그래. 그런 일이라면 제대로 설명해야 겠네. 폐를 끼쳤으니까.”

카밀라는 곤란하다는 듯이 웃었다.

“응, 틀림없이 네가 짐작한 그대로야. 아버지와 어머니가 죽어버렸거든. 전조도 없이 병에 걸려서……. 아, 소니므는 아니라고? 유행은 몇 년 전에 끝났고, 그냥 열병. 밤중에 고열이 나는가 싶더니 다음 날 아침에는 싸늘해졌지. 그때는 정말로 깜짝 놀랐었지…….” 그녀는 잠시 천장으로 시선을 향했다. “그렇게 두 사람이 죽은 뒤, 마을 사람이나 마을 밖의 사람들이 잔뜩 찾아와서는 있지. 돈을 빌렸다든지 옛날에 약속했다든지, 그러면서 집 안의 물건을 가져가 버렸어. 나도 두 사람이 죽어서 혼란스러웠으니까 무슨 일이 벌어지는지 제대로 이해하지 못했고, 지금도 잘 기억은 안 나지만……. 허전해진 방에서 멍하니 있다가 문득 떠올랐어. 아, 지팡이를 주문했는데——라고. 어째서 그것만 떠올랐을까, 그것 말고도 중요한 일은 잔뜩 있었는데……. 그러니까 편지를 써서 할아버지한테 주고 문지르의 가게로 보내달라고 했어. 역시 지팡이는 필요 없습니다, 죄송합니다. 그렇게.”

"그런가……." 익스는 팔짱을 끼고서 신음했다.

방에 무거운 침묵이 내려앉았다.

유이는 고개를 숙이고 생각했다.

마법 지팡이는 고급품이다. 혹시나 지팡이를 손에 넣더라도 전문적인 교육을 받지 않으면 마법은 제대로 사용하지 못한다. 이 집을 보기에 카밀라의 부모가 유복했던 것은 분명하리라. 그렇지만 이런 지방 지주의 수입 따위는 수준이 빤하다. 아마 부모로서도 큰 결심이었을 터. 딸에게 지팡이를 준다──는 것은. 그것도 왕국 최고의 장인인 문지르의 지팡이를.

하지만 그런 바람은 간단히 박살나고, 그녀는 부모와 함께 많은 것을 잃었다.

"아니, 그렇게 무거운 느낌으로 받아들이지 마." 카밀라가 일어서서 손뼉을 쳤다. "이런 건 어디에나 있는 이야기잖아? 게다가 10년도 더 전에 벌어진 일이니까 이제 와서 괴롭다든지 슬프다든지, 그렇게 음울해져도 곤란하거든. 나도 이제는 그런 나이도 아니고. 밝은 분위기로 지내자고. 모처럼 축제를 즐기러 왔으니까."

"그, 그렇게 말씀하셔도." 유이는 목을 움츠렸다.

"자, 으―음……. 아, 그렇지. 그럼 익스 군, 웃어."

"어, 허, 어?" 갑작스럽게 이름을 부르자 그는 눈을 희번덕거렸다.

"웃는 거야, 이렇게, 입가를 올려서. 자, 이렇게!" 카밀라는 자신의 입술 끝을 검지로 들어올렸다. "내가 해줄까?"

검지가 들이닥치는 것을 보고 익스의 표정은 굳어졌다.

"아, 아니, 아, 알았어. 웃을게."

"그래, 좋아. 장인!"

"그러니까 장인은 아닌데⋯⋯."

끼긱끼긱, 그런 소리가 날 것처럼 어색하게 익스는 표정을 바꾸었다. 하지만 웃는 것에는 너무나도 익숙하지가 않았다. 애를 쓰면 쓸수록 미소에서 멀어지고, 최종적으로는 처형 전의 죄수 같은 표정을 짓고 있었다. 카밀라는 "그게 뭐야——"라며 배를 붙잡고 웃었다. 유이도 역시나 미안하다고 생각하면서도 웃음을 참을 수는 없었다. 딱히 반응하지 않은 것은 노바뿐이었다.

그때 현관문이 열리고 "실례할게"라며 남자가 들어왔다.

"아, 어서 와." 만면의 미소로 카밀라가 돌아봤다.

"어, 여, 여어 카밀라. 적당히 식사거리를 가져왔어." 기덴즈는 살짝 동요한 것처럼 시선을 헤맸다.

"우와, 엄청난 양이잖아. 고마워, 오늘 밤에는 한발 앞서서 고기 저장제네."

"어, 어어⋯⋯ 뭐, 애들한테 좀 모아오라고 그랬을 뿐이야. 어⋯⋯ 그, 그보다도 익스. 그 녀석 뭔가 이상한 짓을 하——" 하며 이리저리 헤매던 기덴즈의 시선이, 방 한구석에 있는 그를 포착했다. "는 모양인데⋯⋯. 아니, 이상한 짓이기는 한데⋯⋯ 그런 의미가 아니라⋯⋯ 뭐 하는 거야, 너는?"

5

조금 이른 저녁 식사가 되었다. 바닥에 둘러앉고 중앙에 기덴즈가 가져온 식사를 놓았다. 전날이나 며칠 전부터 만들어 둔 요리인 만큼 어느 것이든 간이 강했다. 그중에는 아직 맛이 배지 않은 것도 있었다.

　"어쩔 수 없잖아. 적당히 가져왔을 뿐이니까." 기덴즈는 그리 말했다. "그 대신에 내일은 굉장하다고? 고기 저장제 당일에는 소를 한 마리 잡는 걸로 되어 있으니까. 그대로 해체하고 그 광장에서 구워 먹는 거지."

　"호쾌하네요." 감탄한 말투로 유이가 고개를 끄덕였다. "그것 말고는 어떤 행사가 있나요?"

　"딱히 행사라고 할 법한 그런 건 없어. 아침부터 먹고 마시고, 그리고 악기를 연주하고, 춤추고…… 남녀가 근처로 사라진다든지."

　"……카밀라 씨가 추천하는 건 있나요?"

　"으―음, 나는 축제에는 안 나가니까 그렇게 잘 알지는 못해."

　"아, 시, 실례했어요……."

　"아니, 그렇게 사과할 것 없어. 딱히 전혀 신경 안 쓰니까."

　그녀는 그리 말했지만 역시나 거북한 분위기가 남았다.

　"그, 그리고 말이야……." 기덴즈가 애써 분위기를 다잡듯이 팔을 들었다. "축제 마지막. 밤이 되면 불을 피우고 밭에서 춤을 추는 게 있어."

　"그건 별일, 이네요." 계속 조용히 있던 노바가 중얼거렸다.

"호오, 앞머리 아가씨가 입을 여는 것보다는 별일도 아닌 것 같지만 말이야."

"춤 자체는 많은 장소에서 진행될 텐데, 마지막이 그렇게 정해져 있는 경우는, 적어도 저는 들어본 적이 없어요. 어째서 마지막에?"

"어째서……. 말했잖아? 도중에 그 녀석이 나오니까 어쩔 수 없이 그걸로 끝나는 거야."

"마녀, 말인가요."

"그렇지."

"역시 마녀님은 그런 취급이구나." 카밀라가 입술을 삐죽였다. "틀림없이 오해라고 생각하는데 말이지."

"오, 카밀라의 마녀님 발언이 나왔네."

"놀리지 말고."

"카밀라 씨는 마녀를 아시나요?" 유이가 고개를 갸웃거렸다.

"안다고 할까, 옛날에 좀." 그녀는 애매하게 미소 지었다.

"이 녀석들, 마녀에 대해서 조사하는 모양이라고. 뭐 좀 가르쳐 줘."

"어, 그래? 으음, 그런 소리를 해도, 무척 옛날 일이니까……."

카밀라는 마녀의 저주로 가족을 잃었——라는 소문을 익스는 떠올렸다. 물론 저주 따위는 바보 같은 이야기하고 생각하지만, 그녀는 전혀 신경 쓰지 않는 기색이었다.

기덴즈가 이야기를 되돌렸다.

"다만 뭐, 밭으로 들어갈 수 있는 건 마을에 사는 미혼 젊은이

뿐이라고 정해져 있어. 어른은 주위에서 장단을 맞춰주는 역할이고. 올해는 젊은이가 많으니까 제대로 분위기를 탈 거야. 안타깝게도 너희는 밖에서 보게 되겠지만."

"……신기하네요." 노바가 전혀 신기하지 않다는 말투로 말했다. "말레교의 교의에 따른 규칙은 아니에요."

"신기할 건 아니겠지." 그는 어이없다는 듯이 웃었다. "모든 걸 완벽하게 교리 그대로 지낼 수는 없겠지. 애당초 지방에는 일단 가르침이 정확하게 전해지지 않아. 장소에 따라서 독특한 규칙이 생기는 건 당연하지 않을까?"

"예, 그럴지도 모르겠네요."

"게다가 뭐, 이 경우에는 그거야. 규칙이라고 할까, 실질적으로는 결혼 상대를 찾는 자리 같은 거지. 마녀한테서 도망칠 때, 노리는 녀석의 팔을 잡아당기는 거야. 요전의 전쟁 따위로 젊은이가 줄어들면 이곳 같은 마을에서는 사활의 문제가 되니까. 외부인에게 빼앗겨서는 곤란하겠지. 뭐……." 기덴즈는 세 사람의 얼굴을 둘러봤다.

"너희라면 걱정 없겠지만."

"기덴즈, 실례되는 소리 마." 카밀라가 나무라듯이 말했다. "미안해, 다들. 옛날에는 이렇지 않았는데."

"오래 알고 지냈나?" 익스는 물었다.

"응, 내가 아직 어릴 때 마을에 왔거든. 그 무렵의 기덴즈는, 으─음, 상쾌하고 멋진 청년이라는 느낌이었는데, 대체 뭐가 어떻게 된 건지……."

"무척 변했네요……." 유이가 두 사람의 얼굴을 번갈아서 봤다.

"그 무렵의 이야기는 해주지 말라고. 잊고 싶은 과거란 녀석이라서."

"아, 그럼 좀 더 해버릴까." 카밀라는 기쁜 듯이 손을 맞댔다. "그립네. 열혈이라는 거? 마을 사람들한테 성전을 나눠주고, 그걸 읽어라 이걸 읽어라, 올바른 가르침이란 이렇다며. 다들 엄청 귀찮아했지만."

"바보였지."

"그리고 똑똑해진 결과, 가르침을 지키는 법보다 적당히 얼버무리는 법에만 능숙해져서 이렇게 되어버린 건가?"

"흥, 잡스러운 교의 해석을 내버려 두는 게 잘못이야. 얼른 통일된 견해를 내면 될 텐데, 아직도 내부에서 다투고 있으니까 교회 녀석들도 참 얼이 빠졌지."

"동감, 이에요." 노바가 고개를 끄덕였다.

"어, 어어……? 앞머리 아가씨, 거기에 반응하는 것도 좀 이상한데."

"뭐, 하지만 지금은 지금대로 다들 설교를 즐기는 모양이니까 그것도 괜찮겠지만. 나는 그 무렵의 널 꽤 좋아했는데 말이야." 카밀라가 그립다는 듯이 눈을 감았다.

기덴즈는 코웃음 쳤다.

"나도 새파란 애송이였지만, 너도 마찬가지였잖아. 매일같이 마법사가 될 거야, 마법사가 될 거야. 뒤를 졸졸 따라다니고."

"아하하, 그거 몇 살 적의 이야기?" 카밀라는 입을 벌리고 웃었다. "그게 말이지, 마을 밖의 이야기를 해주는 건 너밖에 없었는걸. 할아버지는 보다시피 그렇고."

"할아버지라……. 대체 몇 살이지? 나, 이름조차 모른다고."

"나도 몰라. 엄청 옛날부터 도시로 물건을 나르는 일을 했다던데."

오랜 지인인지 물 흐르듯 대화의 응수가 이어졌다. 기덴즈 쪽이 앞자리가 한둘은 더 연상일 터인데 나이 차이가 느껴지지 않는 두 사람이었다.

요리도 줄어든 참에 기덴즈가 싱긋 미소 지었다.

"좋아, 슬슬 주빈 등장으로 넘어갈까."

"무슨 소리야?" 카밀라가 고개를 갸웃거렸다.

"흐흥, 사실은 엄청난 걸 준비했거든."

그러더니 그는 품속에서 녹색 주머니를 꺼냈다. 긴 이파리를 끈으로 묶은 것으로 보였다. 그것을 풀자 향긋한 냄새와 함께 얇게 썬 고기가 나타났다.

"이 녀석을 슬쩍하느라 고생했어." 기덴즈가 자랑스럽게 말했다. "하루를 들여서 천천히 구운 고기 요리거든. 하지만 사실 이 요리는 조리 도중인 지금이 먹을 때야. 둘 다 먹어본 내가 보증할게."

"나중에 혼나지는 않을까요?" 유이가 어이없다는 목소리로 말했다.

"어차피 아무도 못 알아차려. 아 사실을 아는 건 가져다준 아이밖에 없으니까. 그 녀석이 이야기하지만 않으면 영원히 평화로워."

그렇지만 대량으로 가져올 수는 없었는지 딱 인원수인 다섯 장만 준비되어 있었다. 익스도 한 장 손에 들어봤다. 얼굴을 가져다 대자 과일 같은 향기가 났다.

"무척 맛있어요." 가장 먼저 한 입 먹은 유이가 말했다. "이거, 무엇으로 맛을 내는 건가요?"

"아, 그건 말이지——."

기덴즈가 그렇게 대답하려던 그때. 그녀에 이어서 한 입 씹은 노바가 이제까지 없었던 큰 목소리를 높였다.

"토하세요."

"어?" 기덴즈가 눈살을 찌푸렸다.

"뮤모즈 가루가 묻어 있어요."

노바는 유이 곁으로 성큼성큼 걸어가서는 그녀의 손을 잡고 일으켰다. 억지로 현관으로 끌고 가며 입에 손가락을 쑤셔 넣었다.

"어, 노, 노바——."

"직접 그러기 어렵다면 제가 보조할게요."

"아니, 뮤모즈라니 정말로——."

"아니라면 제 걸 줄 테니까, 일단 토하세요."

"아, 알겠어요. 알겠으니까——."

문을 열고 두 사람은 밖으로 사라졌다.

남겨진 세 사람은 멍하니 서로의 얼굴을 마주 봤다. 아직 아무도 고기에는 입을 대지 않았다.

"……뮤모즈라고 했지?" 기덴즈가 중얼거렸다.

"그랬지." 함께 고개를 끄덕였다.

그는 미간에 주름을 드리우고 혀끝으로 고기를 살짝 건드렸다. "으─음" 하고 신음했다.

"아, 확실히 저리네. 원래 맛이 진한 탓에, 그 말이 없었다면 몰랐을 테지만."

"……해독제는?" 익스는 두 사람에게 말했다.

"우리 집에는 없어." 진지한 표정으로 카밀라가 고개를 가로 저었다.

"미안하지만 그런 진귀한 약이 과연 마을에 있을지─." 기덴즈도 얼굴을 찌푸렸다. "하지만 누군가 가지고 있는 녀석이 있을지도 몰라. 무척 예전이지만 사들인 적이 있었던 것 같아."

뮤모즈─란 독초의 이름이다. 작은 노란색 꽃과 가느다란 풀이 특징인 식물로 남쪽의 극히 일부 지방에 분포되어 있다. 여행자가 상인이 씨를 옮기는 탓에 가끔씩 다른 지역의 길가에도 자라는 경우가 있어서, 잘못해서 먹은 마수가 가끔씩 발견된다.

뮤모즈의 꽃가루를 대량으로 섭취하면 죽음에 이르지만 유명한 것은 미량으로 섭취한 경우의 증상이다. 일단 손발 끝부분에 마비가 발생한다. 시간이 지나면 완전히 움직일 수가 없게 되고, 다음에는 혀가 돌아가지 않게 된다. 그 상태로 서서히 몸의 자유를 빼앗기고, 끝내는 간신히 호흡만 하는 상태가 되어버린다. 일단 해독제는 존재해서 그것을 먹으면 걱정 없지만, 증상이 진행된 다음에는 심각한 후유증이 남을 가능성이 있다.

역사상으로는 왕의 식사에 섞어서 먹이고, 움직일 수 없게 된 그를 꼭두각시로 삼은 여왕이 존재한다는 이야기가 널리 알려져 있었다. 그만큼 뮤모즈의 위험성은 유명해서, 잘못해서 먹어버리는 인간은 좀처럼 없다. 조합에 수고가 든다는 사정도 있어서 해독제는 시장에 거의 돌지 않았다.

다시 현관이 열리고 유이의 어깨를 부축한 노바가 돌아왔다.

"어, 어떻게 됐어?" 익스는 물었다.

"섭취한 건 소량, 그것도 바로 토했으니까, 큰 문제는 없지 않을까, 생각해요. 일단 안정을 취하면서 상태를 보죠." 차분하게 노바가 대답했다.

"상태를 본다니…… 그러다가 증상이 발생하면 어쩌려고."

"물을 대량으로 먹여요. 미량의 독이라면, 그걸로 배출할 수, 있겠죠."

"그것도 안 되면?"

"저, 저기, 익스, 저는 괜찮으니까요……." 유이가 쓴웃음 지었다. "미안하지만, 저는 방으로 실례할게요. 무슨 일이 있다면 부를 테니까요."

"어, 그, 그래."

카밀라가 문을 열어주자 그녀는 인사를 하고 침실로 사라졌다.

기덴즈가 일어서서 말했다.

"좋아, 그럼 나는 잠깐 나갔다 오지. 해독제가 없는지 마을 녀석들한테 물어보고 올게. 이 요리에 대해서 조사해야 할 테고."

"나도 가지"라며 익스도 일어섰지만, "그만둬, 네가 와서 독이니 뭐니 그랬다가는 틀림없이 이야기가 복잡해져"라며 거절당

해 버렸다.

방에는 셋만이 남겨졌다. 익스는 고개를 숙이고 생각했다.

해독제── 이런 마을에 있을까. 애당초 어째서 축제의 요리에 뮤모즈 따위가 묻어 있지? 누군가가 잘못 넣었나? 이 부근에서 자라는 식물이 아니다. 그런 우연이 있을까.

어쨌든 유이의 용태가 걱정이었다. 손발 다음에 혀로 온다고 들었지만 그 순서가 바뀌지 않는다고 단정할 수는 없었다. 어쩌면 목소리를 내지 못하고서 괴로워하고 있을지도 모른다. 누군가가 곁에 붙어 있는 편이 낫지 않을까──.

그때, 가만히 생각에 잠긴 표정이던 카밀라가 중얼거렸다.

"마녀님이라면."

"어?" 되물었다.

"그게, 말이지. 마녀님이라면, 어쩌면 해독제를 가지고 있을지도 모른다고 생각해서……." 그녀는 입가를 손으로 덮고 있었다. "그분은 마법만이 아니라 약 같은 것에도 무척 박식한 사람이니까."

"아, 알고 있는 건가? 마녀가 있는 곳을."

"어릴 적에 다녔을 뿐이지만……."

창밖으로 시선을 향했다. 아직 아슬아슬하게 해가 떠 있는 시간대였다. 이미 숲은 어두울 테지만 아직 못 걸을 정도는 아닐 터.

"길을 가르쳐 줘." 익스는 말했다.

"하지만 지금부터 간다면……."

"부탁해."

눈동자를 가만히 들여다보자 카밀라는 "으으으"라며 신음했다. 잠시 후, 체념한 듯 한숨을 내쉬었다.

"알았어. 하지만 혼자 보낼 수는 없어. 내가 안내할게."

"괜찮겠나?"

"응. 게다가 내가 있는 게 이야기하기도 쉬울 테니까."

"고마워." 말하기가 무섭게 익스는 그녀의 팔을 붙잡고 밖으로 끌고 갔다.

"우와, 자, 잠깐만."

집을 나가기 전에 고개를 돌려 노바를 향해 말했다.

"유이 곁에 붙어서 상태를 봐줘. 부탁해도 될까?"

"원래부터 그런 역할, 이에요."

6

방에서 안정을 취한다고 해도 아직 졸리지도 않고, 노바가 계속 안색을 들여다보고 있으니 도리어 유이는 진정이 되지를 않는 기분이었다.

벽에 기대어서 시간이 지나기를 기다렸다.

카밀라와 익스는 마녀를 찾아갔다고 한다. 갑자기 만났다가 붙잡혀서 먹히지 않으면 좋을 텐데. 독을 먹은 자신보다 오히려 그가 더 위험하지 않을까, 이제 와서 불안해졌다.

이윽고 현관이 열리는 소리가 들리고 기덴즈가 돌아왔다. 마을에 해독제는 없었다며 고개를 가로저었다.

"몸은 어때? 어디 이상한 곳은 없어?"

"전혀 변함없어요." 유이는 가볍게 대답했다. "수고를 허사로 만든 것 같아서 죄송하지만요……."

"아니, 그게 최고야."

그때 노바가 "죄송해요"라며 입을 열었다.

"잠시 유이 씨를 봐주시겠나요."

"어? 그야 상관없는데……." 기덴즈는 눈썹을 찡그렸다. "뭐야? 아직 배가 고파?"

"아니에요." 무표정하게 고개를 가로저었다. "바깥을 보고 올게요."

"밖을?"

그 말에는 대답하지 않고 그녀는 방을 나가버렸다.

이번에는 기덴즈와 방에 단둘이 남았다. 조금 전과 똑같이 입을 다물고는 있었지만 그는 진정이 안 되는지 연신 머리를 긁적이거나 시선을 이리저리 움직이고 있었다.

이런 시각에 남자와 같은 방에 있다는 사실에 그다지 저항감을 느끼지 않는 스스로를 유이는 깨달았다. 왕국에 무척 익숙해졌구나, 마음속으로 쓴웃음 지었다.

"어―, 그러네……." 기덴즈는 목에 손을 대고 말했다. "미안해. 모처럼 손님이 왔는데 이런 영문 모를 일이 벌어져서."

"기덴즈 씨가 사과할 일이 아니에요." 상대에게 보이지는 않을 테지만 유이는 미소 지었다.

"어─, 뭐, 그러네……." 그는 어깨를 으쓱였다. "게다가 그게, 방도 이렇게나 살풍경하고……. 뭐, 그쪽도 내가 할 말은 아니지만……."

두 사람의 여행용 짐 말고는 아무것도 없는 방을 둘러봤다. 살풍경하다고 할까, 그저 공백이었다. 인간이 살 법한 장소가 아니었다.

"당신은…… 아시나요? 카밀라 씨가, 그게, 이런 집에 사는 이유를. 마을 여러분한테 빼앗겼다고 그랬는데, 그것만으로 이렇게 될 리가 없잖아요?"

기덴즈는 아무런 반응도 하지 않았다. 유이의 목소리가 들리지 않는 것 같았다. 하지만 잠시 후, 툭하니 중얼거렸다.

"……나는 아무것도 몰라."

그는 깊이 한숨을 내쉬었다.

"카밀라는 말이지…… 착한 녀석이야."

"예, 그건 알아요."

"아니, 아가씨가 생각하는 것 같은, 일반적인 의미에서의 착한 녀석이 아니야. 그 녀석한테는 말이지──" 하더니 그때, 기덴즈는 잠깐 머뭇거렸다. "그 녀석한테는, 자신을 위한 바람이라는 게 없어."

"마법사가 되고 싶었다──라는 건?"

"그건 방법이지 목적이 아니야. 나는 말이야, 아가씨, 이런 입장이니까 마을 녀석들한테 설교하는 거야. 하지만 말이지, 이래저래 전달 방식은 바뀌지만 결국에 하는 말은 같아. 돈을 원한다느니 여자를 안고 싶다느니 즐겁고 싶다느니, 그런 욕망을 억누르고 주님과 타인을 소중히 하며 겸허하게 살라고, 그러니까 이것뿐이야." 그는 훗, 웃었다. "이 마을에 왔을 무렵의 나는──뭐, 이상에 불타오르는 녀석이었어. 마을 사람을 붙잡아서는 하나하나 설교하며 다녔거든. 네 욕심은 뭐냐, 그렇구나, 그럼 그걸 억누르라고. 꽤나 거북하게 여겼을 테지만…… 하지만, 어떤 어린아이가 대답했어. 『누군가에게 도움이 되고 싶다』──라고."

"그 아이가, 카밀라 씨?"

"그 녀석의 집은 마을에서 가장 부자였거든. 마을 녀석들이 힘들어하는 걸 보고 생각하는 바가 있었을지도 모르겠지만……. 하지만 그런 말을 들으니까 나로서는 아무 말도 할 수가 없었어. 여하튼 『성전』에 적혀 있는 그대로인 『선인』의 대답이야. 그 후로 몇 번이나 대화를 나눴지만, 끝내 그 녀석은 자신을 위한 바람을 입에 담지 않았지."

"선하다……는 거군요, 그건."

"그야말로 선한 거야…… 너무나도 착할 정도로."

"그건 어떤 의미인가요?" 유이는 고개를 들었다.

"뭐야, 뭔가 거슬렸나?"

"아뇨…… 딱히."

"물론 그건 평범한 선량함이야. 누구라도 비슷한 생각은 해. 하지만 평범한 것도 지나치게 가버리면 어딘가 이상해져." 기덴즈는 얄궂다는 듯이 입가를 일그러뜨렸다. "……나는 그 녀석이 착한 아이인 척 군다고 생각해서, 이런저런 방법으로 속마음을 떠봤어. 끈질기게 따라다닌 결과, 간신히 『마법사가 되고 싶다』라는 이야기를 듣게 되었지. 그제야 자기 욕심을 이야기하는가 싶었는데, 막상 그 이유는 마법으로 누군가에게 도움이 되고 싶다는 것뿐이었어. 내가 떠보려고 이런저런 이야기를 하니까 귀찮아서 그렇게 말했을 뿐이겠지. 나는 희희낙락해서 마법사 따위는 변변치도 않은 거라고 말해줬지만, 말하는 사이에 본심이 되었는지 그 녀석은 진심으로 그것을 바라게 되었어. 열의에 져서 아버지도 지팡이를 사겠다고 약속해 버렸고. 하지만…… 아버지도 어머니도 죽고, 마을 녀석들한테 털리고, 그 녀석은……."

그는 거기서 말을 멈추더니 자세를 바로 했다. 평소와 다르게 진지한 표정이 유이를 응시했다.

"있잖아, 아가씨. 혹시 카밀라한테 지팡이를 만들어 줄 수는 없을까?"

"어째서, 저한테 부탁하는 건가요?" 유이는 온화한 말투로 물었다.

"나한테도 저 녀석한테도 돈이 없어. 하지만 말이야, 뭐라고 할까, 아가씨가 저기 익스한테 부탁해 준다면, 어쩌면……."

"죄송하지만, 그럴 수는 없어요." 단호하게 말했다. "그건 지팡이 장인을 가볍게 보는 행위이고, 애당초 착각을 하는 모양인데 저와 익스는 그런 관계가 아니에요. 부탁한다면 그에게 직접 말해야겠죠."

"……그런가. 아니, 그 말이 맞아. 실례되는 소리를 했네. 미안해." 기덴즈는 머리를 숙였다.

다시 방이 침묵으로 가득 찼다.

노바는 아직 돌아오지 않았다. 밖을 보고 오겠다고 그랬는데 대체 어디까지 나갔을까. 밤중에 부주의한 행동은 아닐까. 걱정할 입장도 아니지만……

"카밀라가…… 집의 물건을 버리기 시작했을 때 말이야." 기덴즈가 혼잣말처럼 말했다. "나는 몇 번이나 이 집을 찾았어. 그 녀석이 죽을 생각은 아닐까 싶어서…… 불안했지. 직접 그렇게 말한 적도 있어. 『그럴 생각은 없다』라면서 웃어넘겼지만. 지금도 나는 그 녀석이 어느 날 사라져 버리지는 않을까 불안해서 참을 수가 없어. 하지만──." 그는 바닥으로 시선을 향했다. "사실은, 그 편이 낫지 않을까 생각하기도 해."

"사라지는 게── 말인가요?"

"그게 그렇잖아? 이 마을에 있어 봐야 그 녀석에게는 아무것도…… 없으니까."

그렇지는 않다, 그리 말하려다가.

유이는 벌리려던 입을 다물었다.

그의 주장은 그저 제멋대로인 단정으로 여겨졌지만, 하지만 완전히 외부인인 자신이 참견하는 것은 그저 무책임이다.

기덴즈도 그것은 충분히 알고 있는지, "뭐, 내 멋대로 하는 생각이고, 그 녀석의 입장에서는 쓸데없는 참견일 뿐일지도 모르겠지만 말이야" 하고 농담처럼 이야기했다.

7

앞서 가는 카밀라는 굳건한 발걸음으로 숲을 돌파했다. 익스에게는 어디를 봐도 같은 풍경으로밖에 안 보였다. 떨어진다면 끝내는 죽을 때까지 숲을 헤매게 될 것이다.

"괜찮아"라고 그녀는 몇 번인가 말했다. 차분한 말투로, 초조한 기색은 전혀 없었다.

"괜찮아, 이제 곧 마녀님의 집이니까."

"⋯⋯그 마녀에 대해서, 이래저래 소문을 들었어."

"어─⋯⋯ 응. 그러네, 나도 들은 적 있어. 다들 지독한 소리를 한단 말이지."

"카밀라는 만난 적이 있군?"

"만난 적이고 뭐고, 어릴 적에는 자주 다녔어."

"마녀의 소문을 몰랐나?"

"으─음, 알고 있었지만, 알고 있으니까 그랬다고 할까⋯⋯. 응, 뭐라고 할까, 정말로 대단한 사정은 아니지만 말이지." 카밀라가 밝은 말투로 말했다. "정말로 어릴 적이지만, 난 여동생이 있었어. 피가 이어지지 않은 동생인데, 아, 피가 이어지지 않았다고 해도 핏줄을 따지면 내 쪽이 가족과 이어지지 않았는데, 어쨌든 그 아이가 사고로 죽어버려서."

"⋯⋯사고?"

"창고에서 놀다가 넘어졌는데 농기구가 박혀서 피를 잔뜩 흘렸거든. 나는 바로 바깥에 있었는데, 알아차렸을 때에는 이미 늦었어.”

“………….”

“정말이지, 맞장구 정도는 쳐줘. 그 아이의 이름도 잊어 버렸을 만큼 옛날이야기니까.” 그녀는 쓴웃음 지었다. “아무도 날 탓하지 않고 오히려 걱정해 줬어. 그 후로 몇 년이 지나서 문득 번뜩였지. 어째선지 갑자기 이렇게 생각한 거야. 『사람을 먹는 마녀라면 사람을 되살릴 수도 있지 않을까?』하고. 그래서 숲으로 들어갔어. 뭐, 당연히 길을 잃었고. 무서워져서, 서두르다가 다치고…… 하지만 그때 마녀님이 나타나서 날 구해줬어. 동생을 되살려 주지는 않았지만, 내 상처를 치료해 줬어. 그 후로 몇 번이나 그분의 집에 들렀지. 물론 아버지랑 어머니한테 말하지는 않고. 그래서, 언제부터인가 이 사람처럼 되고 싶다— 그렇게 생각했어. 그래서 지팡이를 원한다고 부탁했지. 마녀님은 굉장한 마법사라고 그러니까 나도 굉장해질 수 있다면 좋겠다고. 지팡이가 얼마나 하는지도 몰랐어. 그래서 사주겠다고 아버지가 말했을 때는…… 기뻤지.”

“하지만—.”

“응……. 훨씬 전에 마녀님의 집으로 가는 건 그만뒀어. 그야…… 응, 지팡이가 없는걸. 지팡이만이 아니라 모든 게 사라져 버렸어. 그러니까 이제는 가봐야 의미가 없잖아? 나는 그저 모두에게 도움이 되고 싶다는…… 그것뿐이었는데.”

빗발이 약해졌는지 나무에 가로막혔는지, 숲에 비는 내리지 않았다. 다만 이따금 나뭇잎 끝에 물방울이 맺혀서 머리나 어깨로 떨어졌다.

시야는 어스름했지만, 아직 아슬아슬하게 발밑은 보였다.

"익스 군은——" 하고 카밀라가 입을 열었다.

"뭐지?"

"이상하게 내 지팡이에 대해서 물어보고 싶어 했지. 14, 15년 전이라면 너도 어린아이였을 거라 생각하는데……. 잘도 기억하는구나."

"…………."

"아, 미안해. 말하기 싫다면 됐어."

망설인 끝에 익스는 이야기하기로 했다.

"그건—— 내가 처음으로 만들 예정이었던 지팡이였거든."

"어, 그때 몇 살?"

"어, 아니. 딱히 처음부터 끝까지 만드는 건 아니야. 지팡이에 사용하는 목재를 대충 깎는 것뿐인 공정이지. 그때까지 일이라고는 잡무만 시키던 스승님이 갑자기 나한테 맡겼거든. 이 지팡이를 만들라고." 익스는 당시를 다시 떠올렸다. "뭐, 놀랐지만…… 그래도 처음 맡은 일이야. 시키는 대로, 스승님의 욕설을 들으며 깎고—— 어떻게든 끝을 냈어. 그다음부터는 스승님이 만들겠다던 참에, 뭐, 예의 편지가 왔지."

"으음, 어쩐지 그거, 정말로 미안한 짓을 해버린 거 아닌가?"

"카밀라 잘못은 아니겠지."

"다정하구나. 하지만 그 목재에서 또 다른 지팡이를 만들 수는 없었어?"

"그럴 수도 없거든." 어깨를 으쓱였다. "기성품 지팡이가 아니라 개인용으로 주문을 받은 경우, 장인은 그 지팡이만을 위한 소재를 찾아. 그리고 한번 이거라고 정했다면 이제는 그 지팡이 이외에는 사용하지 않아. 중간까지 가공했다면 더더욱. 그러니까 보통은 한번 받은 주문을 취소해 주지 않아. 주문자가 죽지만 않았다면 완성시키고, 억지로라도 대금을 받아내지. 그러니까 보통은 전액 선불로 받는 건데, 스승님은 이상했으니까……."

"그럼 내 지팡이가 될 뻔했던 나무는?"

"버릴 생각도 안 들어서, 가게 창고에 방치해뒀어. 지금은 사저의 가게 어딘가에 묻혀 있을 거라 생각하는데……."

"으으음, 돈이 있다면 그 나무만이라도 사고 싶은 참이지만."

시시각각 숲의 어둠은 깊어졌다. 아직 해는 지지 않았을 터이지만 숲의 밤은 이르다. 정신이 들었을 때에는 몇 걸음 앞조차 보이지 않았다. 카밀라가 익스의 팔을 힘껏 붙잡았다. 어둠이 숲의 구석구석까지 이르러 시야를 덧씌웠다.

그런 가운데, 작고 하얀 점이 떠 있었다.

천천히 그쪽으로 향했다. 그 밖에 의지할 것도 없었다. 도중에 나무뿌리에 걸려서 같이 넘어질 뻔했다. 가까워지자 그 정체를 알 수 있었다.

흰색이 아니라 빨강. 점이 아니라 밤을 환하게 비추는 불꽃.

숲속의 트인 공간으로 두 사람은 들어서고 있었다. 이미 비는 그쳤다. 구름이 걷혀서 밤하늘이 엿보였다.

나무를 베어내고 평탄하게 다진 땅. 그곳의 중앙에서 새빨갛

게 모닥불이 타오르고 잇었다.

그 빛을 등지고서 인간이 서 있었다.

온몸이 역광이라 검은 그림자로밖에 인식할 수 없었다.

기묘한 윤곽의 소유자였다.

몸을 외투로 덮은 것은 알 수 있었다. 땅바닥에 끌릴 정도로 옷자락이 길지만, 그건 뭐 이해가 되었다. 문제는 머리 쪽이었다. 아마도 모자를 쓰고 있으리라, 챙이 넓고 뾰족한 형상——그것 자체는 드물지 않지만, 다만 크기가 이상했다. 챙은 너무 넓어서 양쪽 끝이 휘어졌고, 위쪽은 너무 길어서 중간에 구부러졌다. 천을 낭비하는 것으로밖에 여겨지지 않았다. 목을 단련하는 것일까.

낮은 잡목을 내디디며 걸었다. 모닥불 뒤에 오두막이 세워져 있는 것을 알 수 있었다. 오두막이라기보다는 어엿한 집이었다. 호화롭게도 목조 단층집이었다.

발소리가 들렸는지 그 인물이 이쪽으로 몸을 돌렸다.

그림자 탓이 아니라 실제로 복장이 전부 검었다. 곧고 긴 머리카락도 검정, 옷 색깔도 검정. 모든 빛이 그곳에서 사라지는 것 같은 검정이었다. 얼굴의 흰색만이 붕 떠 보였다. 키는 카밀라보다 크고 익스보다 작았다. 나이는——모르겠다. 자신과 또래인 여성으로 보이지만…….

"마, 마녀님!" 카밀라가 흥분한 말투로 말을 건넸다. "오랜만이에요! 갑자기 들이닥쳐서 죄송해요, 저기, 뮤모즈의 해독제를 가지고 계시진 않을까 싶어서, 뻔뻔스럽겠지만 그게……."

Illustrations copyright © Enji

"건강해 보이는구나, 카밀라."

의외일 만큼 젊은 목소리가, 그 작은 입에서 흘러나왔다.

"어, 아, 예. 건강해요!"

"너는?" 검은 눈동자가 익스를 향했다.

"건강해."

"이름을 물었어."

"……익스."

"호오." 마녀는 한쪽 눈썹을 추어올리더니 어깨를 흔들고 목구멍 깊숙하게 웃었다. "그렇구나, 익스(눈)인가……. 재밌잖아."

"그보다 해독제를──."

"반나절이야."

"허?"

"뮤모즈라면, 반나절 이내에 해독제를 먹으면 문제없어. 서두르지 않아도 돼."

"……해독제는 있다는 거로군."

"익스는 말이지, 뷔고슈라는 단어가 기원이야." 질문에 대답하지 않고 그녀는 멋대로 이야기를 계속했다. "알겠어? 뷔고슈──소실이야. 어때, 무척 재치 있잖아?"

웃고 있는 것은 그녀 하나이지만 신경 쓰는 기색도 없었다. 한동안 장작이 터지는 소리와 낮게 소리 죽인 웃음만이 밤에 울렸다.

카밀라가 면목 없다는 듯이 입을 열었다.

"저기, 저희는……."

"배가 고프겠네?"

"예? 예, 뭐⋯⋯."

"잠시 기다리도록 해."

마녀는 모닥불 쪽으로 몸을 향했다. 보아하니 모닥불 근처에 꼬치가 몇 개 꽂혀 있었다.

익스는 그다지 배가 고프지는 않았다. 조금 전에 잔뜩 먹은 참이고, 무엇보다 지금은 유이가 걱정됐다. 공복 같은 소리를 할 때가 아니었다.

코로 의식을 집중하자 타오르는 나무 냄새에 섞여서 고기를 굽는 향기가 감돌고 있었다.

'마녀는 사람을 먹는다──.'

당연히 그 소문을 떠올렸다.

아니 설마, 하지만, 그런 생각이 머릿속을 맴돌았다. 옆에 있는 카밀라에게 시선을 향하자 그녀는 뭐라고 할까, 마녀를 열심히 바라보고 있었다. 가슴 앞쪽으로 양손을 맞잡고 눈을 반짝였다. 넋을 잃고서 보는 것일까.

그러는 사이에 제대로 구워진 듯했다.

"자."

마녀는 그리 중얼거리더니 꼬치를 들었다. 손잡이에 천을 감고 빙글 돌아서는 익스와 카밀라에게 하나씩 건넸다.

"가, 감사합니다!"

감사를 표하는 카밀라 옆에서 익스는 눈살을 찌푸렸다.

"⋯⋯이건?"

"이, 익스 군!"

카밀라가 작은 목소리로 나무랐다. "소문이 신경 쓰이는 건 알겠지만, 그런 실례되는 소리——."

"그런 걸 묻는 게 아니야."

익스는 받아든 꼬치 끝을 가리켰다.

그곳에는 너덜너덜해진 검은 물체가 걸려 있을 뿐이었다.

카밀라의 꼬치에 꽂혀 있는 것도, 그리고 지금 마녀가 뽑아서 베어 문 것도 같은 물체였다.

"고기는 싫어하나?" 우물우물 입을 움직이며 마녀는 말했다.

딱히 먹을 것까지 검게 만들 필요는 없지 않나, 그리 생각하는데.

8

어둠에 눈이 익숙해지자 모닥불의 불빛만으로도 익스에게는 오두막 주위가 잘 보이게 되었다. 그렇다고는 해도 이 건물 말고는 이렇다 할 것은 없었다. 단순히 휑뎅그렁한 광장이었다.

하지만 오두막 뒤편으로 돌아갔을 때, 기묘한 것을 발견했다.

하얀 사각형 돌이 같은 간격으로 놓여 있었다.

안쪽으로 넷, 그리고 앞에 셋. 깔끔하게 정렬되어 있고 앞쪽의 가장 오른쪽만 빠진 상태였다.

보아하니 어느 돌이든 무척 오래되었다. 아마도 안의 왼쪽이 가장 오래되었을 것이다. 이끼에 뒤덮여서 거의 지면과 일체화되어 있었다. 그 밖의 돌도 풍화되고 변색되어, 놓인 뒤로 상당한 세월이 흐른 것처럼 보였다.

물론 자연스럽게 생긴 것은 아니었다. 인위적으로 늘어놓은 것이었다.

"춥지는 않나?" 위에서 목소리가 떨어졌다. "집으로 들어가도록 해."

고개를 돌려 올려다보자 오두막 지붕에 마녀가 서 있었다. 가볍게 뛰어서 지면으로 내려왔다. 체공시간이 부자연스러울 만큼 길게 느껴지는, 그런 가벼움이었다.

"해독제는?" 익스는 물었다.

"섞어뒀어. 이제는 기다리는 것뿐이야."

"감사를 표하지."

"뭐, 모처럼 방문한 손님이야. 이 정도는."

"……이건." 한순간 그는 머뭇거렸다. "묘비인가?"

"예리하네."

"먹은 인간의?"

"응."

마녀는 시원스럽게 고개를 끄덕였다.

"……올해 축제에도 사람을 먹으러 올 건가?"

"아니, 이제 축제에는 안 가려나." 그녀는 고개를 기울였다. "슬슬 마녀도 끝일까, 생각해서 말이지."

"어?"

"어쨌든 집으로 들어가도록 해. 몸이 식어."

그러더니 그녀는 걸어갔다.

마녀의 집으로 들어가서, 우선은 그 집의 벽에 익스의 시선이 못 박혔다.

"뭐야, 이건……?"

망연자실하게 중얼거렸지만 대답은 그 스스로가 잘 알고 있었다.

마법 지팡이.

가득했다.

긴 지팡이도 짧은 지팡이도 대량으로 걸려 있었다. 어지간한 가게보다는 훨씬 많았다. 게다가 무시무시한 것은 연대의 폭이었다. 판단이 옳다면 인공 마법 지팡이 여명기 무렵의 지팡이부터 최근 몇 년 사이에 새로이 개발된 신식 지팡이까지 있었다. 그런 귀중한 지팡이가 그야말로 아무렇게나 방치되어 있었다. 이런 일이 있어선 안 된다, 그리 소리칠 뻔한 광경이었다.

"뭐, 이런 존재라면 지팡이가 멋대로 모여들거든." 마녀가 고개를 내저었다. "지팡이 따윈 쓸 수만 있다면 뭐든 똑같다고 생각하는데."

"저기 구석에 있는 지팡이—— 레드노프 원식(原式)으로 보이는데."

"아, 레드노프 녀석이 가져왔어. 기분 나쁜 남자였지만 마법 지팡이는 훌륭한 발명품이었지."

"…………."

"멍하니 있지 말고 앉도록 해." 더더욱 망연자실한 익스에게 그녀가 말했다.

방은 그렇게 넓지는 않았지만 생활용품이 작게 모여 있어서 지내기 편한 공간이었다. 긴 의자가 마주 보고 있어서 익스는 먼저 앉아 있던 카밀라 옆에 앉았다. 눈앞의 탁자에 작은 병이 놓여 있었다. 그 안에서 흰 응어리가 조금씩 침전되는 중이었다.

"자, 그럼." 맞은편에 앉은 마녀가 다리를 꼬았다. 실내에서도 여전히 모자를 쓰고 있었다. "해독제가 완성될 때까지, 이야기라도 할까?"

익스는 그녀의 얼굴을 가만히 바라봤다. 신기했다. 여유로운 그 미소는 어찌 봐도 젊은이의 얼굴인데, 하지만 나이를 초월한 품격도 감돌았다. 빛이 없는 눈동자도 그렇고, 정체불명이라는 말이 잘 어울렸다.

"물어보고 싶은 게 있다는 표정이네, 익스."

"……뭐부터 물어보면 될까." 신중하게 입을 열었다. "다양한 전승을 들었으니까."

"뭐든 물어보도록 해."

"내 스승님…… 문지르를 알고 있나?"

"아하하, 처음으로 묻는 게 그거야?" 마녀는 입가에 손을 댔다. "응, 그러네. 나는 문지르를 알고 있어."

망설인 뒤, 익스는 말했다.

"네가 마녀인가?"

"응."

"마녀는 불사인가?"

"응."

"인간을 뛰어넘는 지혜를 가지고 있나?"

"응."

"……정말인가?"

"그걸 물어본다는 건, 증명할 방법도 준비해서 온 거겠지? 신뢰하지 않는 상대에 대한 확인은 무의미해."

"아니, 미안해. 질문을 바꾸지." 그녀의 말은 정론이었다. "……마리를 알고 있나?"

"그리운 울림이네." 그녀는 입가를 느슨히 풀었다. "마리……그건 몇 년 전이었을까. 너, 그 아이랑 만났어?"

"그래."

"뭘 하고 있어?"

"얼마 전까지는 도서관장을."

"호오오. 그렇구나, 책인가……. 응, 무척 그 아이다워."

"뭔가 추억이라도 있나?"

"응. 그건 정말이지, 그 아이랑 책이라면 말이야── 아, 흥미 있어?"

"아니, 없어."

딱히 흥미는 없고, 알아봐야 자신에게는 아무런 영향도 없다.

"하지만 지금은 일을 그만두고 저택에 누워 있지." 익스는 계속 이야기했다. "이제 길지는 않다고 하더군."

"……그런가. 벌써 그렇게나 지났나."

마녀는 모자챙을 건드려서 위치를 바로잡았다. 그 움직임으로 일어난 바람이 양초의 불꽃을 살짝 흔들었다.

"수도의 지팡이 벽이 해제된 건 알고 있나?"

"그거, 정말이야?" 그녀는 의외라는 듯 말했다.

"사실인지는 몰라. 다만 범인으로 마녀가 의심받고 있지."

"그렇구나. 그럼 부정 해둘까."

물론 캐묻는 것은 무의미한 행위였다.

익스는 양쪽 손가락을 맞댔다.

"너는…… 언제부터 살고 있지?" 뜻을 다지고 그것을 물었다.

"글쎄…… 해를 세는 건 서툴거든. 하나씩 선을 그은 것도 아니고."

"어떻게 계속 살아있지?"

"사람을 먹고 있어."

"……아니아니, 설마." 카밀라가 중얼거리는 소리가 들렸다.

"카밀라, 너한테는 옛날부터 몇 번이나 이야기했을 텐데 아직도 안 믿는 거야?"

"아뇨, 저는……."

"그걸── 그런 방법을." 익스는 한 손을 펼쳤다. "대체 어떻게 발명했지? 현재의 마법학을 아득히 뛰어넘는 기술을, 혼자서, 그것도 옛날에 만들어냈다는 건가?"

따지고 들자 마녀는 훗, 미소 지었다.

입가에 손가락을 대고 쿡쿡 웃음을 흘렸다. 참을 수 없이 우습다, 그러는 것처럼 어깨를 들썩였다. 익스는 그저 어안이 벙벙했다.

이윽고 웃음을 그치더니 그녀는 짧게 말했다.

"용이야."

"……허?"

"용이라고. 알고 있겠지? 무한한 마력을 지니고, 깊은 지혜를 지니고, 터무니없이 커다란 몸통을 지닌 그 녀석들이야. 내가 태어났을 무렵에는 아직 지상에 많은 용이 남아 있었거든. 그중 하나와 만나서 소원을 빌어봤어── 〈용의 지혜〉를."

"그런 말도 안 되는…….″ 깜짝 놀라서는 입가를 막았다.

"못 믿겠어?"

"못 믿겠다고 할까…….″

뭐라고 할까, 그 대답은 반칙이었다.

그런 소리를 들으면 어떤 소문이라도 사실이라 인정할 수밖에 없다.

용의 비상식적인 힘── 그리고 바라는 것을 구별 없이 주는 그들의 특성── 확실히 그들의 지혜가 있다면 불사조차 가능할지도 모른다.

하지만 그것은──.

"아니…… 아무리 용이 살아있던 시대부터라고 해도 그렇게나 가볍게 만나다니, 지혜를 받았다면 좀 더 이렇게 달리 뭔가 일이 더 있었을 테지? 너랑 비슷한 녀석이라든지, 용의 유산이라도……, 게다가 정말로 그렇다면 어째서 이런 숲에 틀어박혀 있지? 그런 힘을 얻었다면…….″

"으─음, 아무래도 착각을 하는 모양인데…….″ 마녀는 어깨를 으쓱였다. "있잖아, 나는 버려졌어. 이곳이 훨씬 깊은 숲속이었을 때 말이야."

"어?" 익스와 카밀라의 목소리가 겹쳤다.

"이것 참, 그때는 힘들었지. 그때까지 숲에는 들어간 적도 없었는걸. 나무열매나 풀 따위를 먹고, 헤매고⋯⋯ 정신이 들었을 때는 더욱 깊은 숲속을 헤매고 있었어. 마수에게 습격당하지 않았던 건 기적이야. 그래서, 지쳐서 쓰러졌더니 땅바닥이 말을 걸었거든.『바람을 이루어 주겠다』──라고."

마녀는 그립다는 듯이 눈을 감았다.

"목은 마르지, 배는 고프지, 무엇보다도 집으로 돌아가고 싶었으니까.『알고 있는 걸 가르쳐 줘』라고 나는 부탁했어. 그랬더니──." 그녀는 양팔을 펼쳤다. "마녀가 됐어. 그러니까 나는 이곳에 살고 있어. 내가 바란 건 그저 어린아이 하나를 구할 지혜야. 그럴 수 있을 만큼 용의 지혜는 있어. 그 이상의 것을 사용할 생각은 없어. 그건, 약속 위반이잖아?"

익스는 이마에 땀이 맺히는 것을 느꼈다.

당연하다는 듯이 마녀는 이야기했지만, 그러나 그 밑바탕에는 명백하게 심상치 않은 사고가 자리 잡고 있었다.

"아, 게다가 그거야. 아까 지팡이 벽이 어쩌고 그랬는데." 마녀는 싱긋 웃었다. "날 수 있어?"

"날아?"

"마법으로 날 수는 있나?"

"아니⋯⋯." 익스는 고개를 가로저었다. "그럴 수 있다면── 그런 마법이 개발되었다면 모든 성벽은 무의미해져."

"그러니까, 그런 거야." 마녀는 고개를 끄덕였다. "내가 나섰다면 인간도 혼란에 빠지겠지? 그건 재미있을지도 모르겠지만── 폐를 끼치고 싶지는 않으니까."

"그러니까── 가, 가능한가? 마법으로 나는 게……."

"언젠가 인간이 다다를 마법이겠지. 아, 하지만 지금은 비밀이야. 다들 깜짝 놀랄 테니까."

인간이 아니다, 그리 직감했다.

너무나도 인간에서 동떨어져 있었다.

그것은 딱히 인간이 모르는 지식, 인간에게는 없는 능력을 가지고 있다는 의미가 아니었다. 그 때문에 나타나는 사고방식에 인간성이 없는 것이었다.

용이 살아있던 시대라면 작게 잡아도 천 년 이상을 살아있다는 의미가 된다. 그만큼 오래 산 인간을── 더 이상 인간이라 불러서는 안 된다.

올바른 호칭 따윈 없다.

그렇기에, 마녀…….

익스는 천천히 심호흡했다.

"……20년 전. 마녀가 마을에서 갓난아기를 데려갔었다고 들었어."

"어, 그거, 어디서 들었어? 익스 군." 카밀라가 놀란 표정으로 물었다.

"마을 사람이나, 기덴즈가 그런 기록을 봤다고 했어."

"하지만 그거랑 익스 군한테 무슨 관계가……."

"자자." 마녀는 한 손을 펼쳤다. "그에게는 그게 본론이야. 자, 계속 하도록 해."

"……너는, 그 갓난아기를 먹었나?"

"아니."

"그 갓난아기는…… 나인가?"

마녀는 의미심장한 미소를 지을 뿐, 긍정도 부정도 하지 않았다. 검은 눈동자가 익스를 가만히 바라봤다.

"가르쳐 줘."

"……응, 그래." 잠시 후 그녀는 고개를 끄덕였다.

옆에서 카밀라가 숨을 삼키는 소리가 들렸다.

그 대답에 놀라지는 않았다. 이제까지 조사한 정보를 바탕으로 생각하던 그대로였다.

"어째서지? 어째서 나를 데려갔고, 그런데도 먹지 않았지? 20년 전에 무슨 일이 있었어?"

"익스, 너는──."

그녀의 목소리 따윈 귀에 들어오지 않고, 아니라며 익스는 고개를 내저었다. 그런 것 따위를 알고 싶은 것이 아니었다. 자신이 알고 싶은 것은, 그렇다, 스승이 자신에게 바란──.

"아니, 아니지. 그게 아니야. 내가 묻고 싶은 건, 어떻게──." 그는 손가락을 맞대고 눈을 감았다. "어떻게 나는 살아있지? 소니므에 걸린 어머니한테 태어나서, 마력도 없이 어떻게 지금 살아있을 수 있지? 그러니까…… 무언가가 대신에 움직이고 있는 게 아닌가? 그게…… 버려진 네가 마녀가 되었듯이, 나한테도 대신에 얻은 힘 같은 무언가가…… 그런 게 있지 않나?"

"없어."

마녀는 간단히 대답했다.

"……없어?" 익스는 꺼질 듯한 목소리로 말했다.

"그래."

"그, 그럴 리는 없어. 그렇다면 어째서——."

"……저기, 익스." 그녀는 일어서서 창밖을 바라봤다. 작은 등이 이쪽을 향했다. "소니므는 그저 병이고, 네가 살아난 건 그저 우연이야. 모체가 그 병에 걸리면 태아의 기관 발달이 멈춰. 이거라고 정해진 건 아니지만, 심장이나 뇌나 폐를 포함한 복수의 기관이 당하니까, 일단 살아있는 아이는 태어나지 않아. 하지만 네 경우, 마력과 관계된 기관에만 그 증상이 나타났지. 응, 그건 확실히 행운이야. 기적이라 해도 될지도 몰라. 하지만 네가 살아있는 건 기적이 아니야. 그게 말이지, 애당초 살아가는 데 마력은 필수가 아니니까. 말도 소도 마력을 지니고 있지 않잖아? 그거랑 똑같아. 그러니까 그저 그것뿐이야. 너는 마력을 지니지 않고서 태어났고, 운 좋게도 그대로 살아있어—— 그것뿐이야."

"그렇다면……." 익스는 망연자실하게 중얼거렸다. "나는 대체 뭐지."

"문지르가 마력이 없는 인간을 찾는다는 건 알고 있었어." 마녀는 조용히 이야기했다. "빚이 있었으니까 넘겨줬는데, 하지만 나로서도—— 용의 지혜를 가진 나라도 말이야—— 그 녀석이 말하는 『재능』의 의미는 모르겠어. 자, 이걸로 만족했을까."

투둑투둑, 이따금 소리가 났다.

또다시 비가 내리기 시작한 모양이었다. 서서히 소리의 간격이 짧아졌다.

잠자코 이야기를 듣던 카밀라가 익스를 보고 말했다.

"저기…… 익스 군. 아까 이야기는 정말이야? 네가 이 마을에서 태어난 아이였다는 건……."

"어? ……아, 정말이야."

"그래……." 어째선지 그녀는 깊이 머리를 숙였다.

마녀가 갑자기 밝은 말투로 손을 내저었다.

"뭐, 내가 끝나기 전에 이곳에 올 수 있어서 다행이네, 익스."

"대단한 정보는 못 얻었지만."

"진실이란 알고 나면 시시한 법이야."

"엇" 하고 카밀라가 소리 높였다. "기다려 주세요, 마녀님. 무슨 뜻인가요, 끝난다니?"

"그 말 그대로야, 카밀라. 이제 슬슬 마녀를 끝내려고 생각해서. 이제 사람을 먹는 일은 없고, 내일 축제에도 안 갈 생각이야."

"어, 어째서죠?"

"그게 말이지, 사람을 먹는다니 잔혹하잖아?" 마녀는 가벼운 말투로 말했다. "그렇게까지 하면서 계속할 의미가 있나, 생각했거든. 특히 최근── 천 년을 계속하던 녀석이 마침내 그만뒀어. 그래서 뭐, 나도 이쯤이 기회일까 싶었던 거야."

그리 이야기하는 그녀의 시선은 익스를 향하고 있었다.

그런가…….

그녀는 알고 있나.

"제가…… 할 수 있는 일은 없나요? 뭔가, 마녀님께 도움이 될 수 있을……."

"고마워. 하지만 있지, 나를 도울만한 일은 없어."

"세상에……." 카밀라는 어깨를 떨어뜨렸다. "마녀님께서 없다면 축제는 어떻게 되는 건가요."

"어떻게 되기는, 다들 내가 무서워서 도망쳤잖아. 평화로워질 거라 생각하는데."

"……마녀님까지, 어째서."

"이것 참, 그렇게 침울해하지 마." 마녀는 그녀의 어깨를 건드렸다. "아, 마침 잘 됐어. 완성된 모양이야."

탁자의 작은 병 안에서 하얀 응어리가 완전히 가라앉아 연녹색 액체와 나누어져 있었다. 마녀는 빈 병을 하나 더 가져와서 그 윗물을 옮겨 담았다. 해독에는 이것을 두 번에 나누어서 먹이면 충분하다고 한다.

바깥은 깊은 어둠이었다. 위험하니까, 그러면서 갓이 달린 조명을 빌려줬다. 불빛은 작지만 달리 광원이 없는 숲에서는 눈부시게 빛났다.

"그리고…… 그러네. 헤매기라도 하면 곤란하니까 길 안내를 붙일까."

"길 안내?"

마녀는 날카롭게 휘파람을 불었다.

이윽고 낮은 울음소리가 숲을 다가왔다.

"히익" 하고 카밀라가 겁먹은 목소리를 냈다.

그 반응은 당연하게도, 숲에서 걸어 나온 것은 한 마리 마수였다.

몸 표면이 붉은 대형 육식 마수——에네드.

하지만 가장 큰 특징인 구부러진 엄니가 없었다. 뿌리 부분부터 잘려나간 것 같았다. 일정한 음량으로 으르렁거리며 조금씩 이쪽으로 다가왔다.

"그렇게 겁먹을 것 없어." 그러면서 마녀는 손을 뻗었다. 천성이 거친 것으로 알려진 에네드는 물어뜯으려고 하지도 않고 킁킁, 코를 울렸다. "자, 보다시피 이래. 이 녀석이 숲 바깥까지 인도해 줄 거야."

"……하나 물어보지 않은 게 떠올랐어." 익스는 이마를 짚었다. "최근에 이인조 모험가한테 대량의 에네드 엄니를 주지 않았나?"

"응? 아, 그런 일도 있었네." 마녀는 가볍게 긍정했다. "내가 숲에 있을 때에 집으로 찾아와서 말이지. 원하는 것 같으니까 줬어. 이 녀석들은 말이야, 자랑하는 엄니를 자르면 보다시피 얌전해져. 동료들끼리 싸움도 하지 않게 되고, 내가 하는 말을 들어주지. 편리하니까 숲을 조사하는 데 사용하거든. 아, 지금 그것도 비밀이야."

"그 녀석들은 마녀에게 협박을 당했다고 그랬다던데……."

"협박? 어째서 내가 그런 짓을 하겠어? 그냥 엄니를 주고, 모험가 조합으로 가져가라고 그랬을 뿐이야."

"……어째서 그런 짓을 했지?"

"어째서기는……." 마녀는 의아하다는 듯 눈을 깜박였다. "나는 잘 모르겠지만, 모험가란 그런 거겠지?"

"……그렇군, 납득했어." 용의 지혜에 일반상식은 포함되지 않는다는 사실은.

1

떠들썩한 목소리에 눈을 떴다. 밖을 보니 수많은 인간이 가랑비 속에서 제멋대로 떠들고 있었다.

익스가 침실에서 나오자 이미 유이, 노바, 카밀라는 아침을 먹고 있었다. 보리죽인 듯했다.

"잘 잤나요." 유이가 말했다.

"몸 상태는?"

가장 먼저 확인했다.

"덕분에 완전히 멀쩡해요. 딱히 독의 영향은 안 남았어요. 그렇죠?"

"예"라며 노바도 고개를 끄덕였다. "이 시점에서 증상이 나오지 않는다면 괜찮지 않을까요."

"그렇다면 됐어."

"어젯밤에는 절 위해서 움직여 준 모양이던데, 고마워요."

"나보다 카밀라한테 감사해야겠지."

"나는 이미 들었어." 카밀라가 웃었다.

자, 그러면서 그녀가 죽을 그릇에 퍼서 줬다. 감사 인사를 하고 받아들었다.

"기덴즈는 어쨌어?"

"아침부터 축제에 끌려갔어." 카밀라는 대답했다. "결국 다른 요리에 뮤모즈는 묻어 있지 않았다고 해. 식기에 묻어 있었을지도 모르겠다며 고개를 갸웃거렸지만…….”

“그런가…….”

사고인지 고의인지 알 수 없었다. 게다가 어느 쪽이든 어디서 뮤모즈를 입수했는지, 그런 문제는 해결할 수 없었다. 이 일에 대해서는 기분 나쁜 무언가를 남기는 결과가 될 듯했다.

그보다도, 그러면서 카밀라가 손을 맞댔다.

“오늘은 축제니까 셋 다 즐기고 와.”

“예, 고마워요. 그리고 그게…….” 유이는 조심스러운 시선을 보냈다.

“응? 아, 나는 됐어. 사람들이 모여 있는 곳은 거북하니까. 신경 쓰지 마.”

“아, 알겠어요.”

손을 내젓는 그녀의 배웅을 받고, 익스 일행은 축제를 돌기로 했다. 라유마타의 일도, 마녀에 대한 조사도 끝나서 맥이 빠진 심정이었다.

아침부터 본격적으로 다른 마을의 사람들이 찾아왔는지, 어제까지의 한적한 풍경이 거짓말처럼 거리는 사람으로 넘쳤다. 레이레스트의 일부를 가져온 것 같았다. 일단 축제의 본체는 광장에서 펼쳐진다고 그러는데 그곳으로 이어지는 길이 이미 혼돈의 극치였다.

어린아이들이 뛰어다니는 모습은 흐뭇하지만, 젊은 녀석들의 소란이 어마어마했다. 여장이나 남장을 하고 춤추는 사람, 터무

니없는 내용을 외치며 밭으로 뛰어드는 사람, 누구라도 개의치 않고 유혹하는 사람 등등. 평소라면 제정신인지 의심할 법한 행동뿐이었다. 물론 그를 위해서 축제가 진행되는 것이지만⋯⋯.

걸어가며 유이한테 어젯밤의 일에 대해서 전했다. 이따금 고개를 돌려, 몇 걸음 뒤를 따라오는 노바를 확인했다. 들리는지 아닌지, 그녀는 반응을 드러내지 않았다.

이야기를 모두 듣고 유이는 우선 한숨을 내쉬었다.

"그런가요⋯⋯. 마녀와 모험가의 인식 차이⋯⋯."

"뭐, 그런 시답잖은 이유였다고 그러네. 그 녀석들한테 알려주면 조금은 안심하지 않을까."

"익스는 어떻게 생각했나요?"

"뭘 말이야?"

"마녀의 이야기 말이에요." 그녀는 고개를 들고 말했다. "이전에 모르나 씨가 말했다시피 사람을 먹는 것에 대해서도 불사성에 대해서도 지혜에 대해서도, 저희에게 그것을 확인할 수단은 없어요. 용이 주었다고 그러면 그것뿐이겠지만── 당신은 어떻게 느꼈나요? 그녀의 말은 믿을 수 있을까요."

"글쎄⋯⋯ 거짓을 간파하는 능력 따위 나한테는 없으니까." 익스는 어깨를 으쓱였다. "다만 마법 지팡이에 대해서는 생각하는 바가 있었어."

"⋯⋯당신답네요. 들어보죠."

"벽에 걸린 것들 가운데, 내 눈이 바르다면 레드노프 원식 지팡이가 있었어."

"아마 수업에서 들은 것 같은데……." 유이가 고개를 갸웃거렸다. "가장 오래된 방식의 인공 마법 지팡이, 였던가요."

"마법 지팡이의 기초 이론을 완성시킨 레드노프가 가장 초기에 채용한 방식이야. 이, 삼백 년 전의 이야기로, 몇 배나 성능이 좋은 지팡이가 잇따라 개발되어서 이제는 만드는 경우도, 사용하는 경우도 사라졌어. 현존하는 것은 지극히 소수라고들하지."

"방증이 된다, 그런 이야긴가요."

"너무 약한가?"

"그러니까 익스는 믿는다는 거군요?"

"으음, 뭐. 이건 말로는 제대로 설명할 수 없지만——." 익스는 입가를 손으로 가렸다. "뭐라고 할까, 대화를 나눈 느낌이 달라. 솔직히 말해서 살아있는 인간과 대화를 나누는 기분이 아니었어. 지면에서 살짝 떠 있는 것 같은…… 그런 상대였지."

"그래서, 조금은 개운해졌나요?" 갑자기 그녀가 그리 물었다.

"무슨 이야기야."

"당신 자신의 이야기도 들었을 테죠?"

"딱히……." 익스는 표정 변화 없이 대답했다. "그럴 거라고 생각했던 게 그랬다는 걸 알았을 뿐이야. 애당초 개운해지고 뭐고, 처음부터 나는 고민하지 않았어."

"그런가요."

대화를 나누는 사이, 마을 광장에 도착했다.

이곳은 어른이 관리해서 그런지 그럭저럭 질서를 유지하고 있지만, 그래도 많은 사람이 모여 있기도 해서 열기가 엄청났다. 여기저기서 고기를 나눠주고, 술을 함께 마시고, 얼굴을 붉게 물들인 사람이 껄껄 웃었다.

좋은 향기에 이끌려서 걸어갔더니 기덴즈가 바쁘게 고기를 굽고 있었다. 옆에는 다른 마을 사람의 모습도 있었다.

"응? 오, 너희들이냐." 일행을 보고 그는 웃었다. "흐흥, 안 됐구나. 조금만 더 빨리 왔다면 소를 해체하는 걸 볼 수 있었는데, 지금은 보다시피 고기밖에 안 남았어."

"그쪽은 사양이에요." 한숨과 함께 유이가 말했다.

"뭐, 마을 사람이냐 외부인이냐 관계없는 날이야. 먹고 가."

그러더니 고기를 꿴 꼬치를 셋, 일행에게 건넸다. 노바가 한꺼번에 받아주었다. 이렇다 할 맛을 내지는 않은 모양이지만 주변 사람들은 열심히 먹고 있었다.

그 밖에도 놓여 있는 몇몇 요리를 받아들고 일행은 광장 끝으로 갔다.

배가 고팠는지 가장 먼저 노바가 베어 물었다. 자신도 먹어보니 무시무시하게 질긴 고기로, 몇 번이나 씹지 않고서는 목이 메었다. 필연적으로 열심히 먹을 수밖에 없는 듯했다. 그렇다고는 해도 쇠고기를 먹을 일은 좀처럼 없으니까 신선하다고 생각하며 입을 움직였다. 생선과는 또 다른 맛이었다. 지상에 있는 것과 물속에 있는 것이 이렇게까지 다르니까 신기한 일이었다.

맛있다는 듯이 유이가 먹고 있는 옆에서, 노바는 차례차례 새로운 요리로 손을 뻗었다. 계속 입을 움직이고 있었다.

한숨 돌린 참에 문득 익스는 물어봤다.

"유이, 날 수는 있나?"

"어, 예?" 그녀가 익스를 돌아봤다.

"마녀랑 대화할 때에 그런 이야기가 나왔어. 마법으로 날 수는 있나──라고. 어떻게 생각해?"

"마법을 이용한 비행──인가요. 그러네요, 과거에 많은 논의가 있었고 지금도 자주 논제로 언급되지만…… 예, 간단하게 대답하면 이론상으로는 가능하다고 그래요."

"……그런가?"

"예. 으음, 뭐라고 설명하면 좋을까……." 유이는 손에 든 음식을 놓고 팔짱을 꼈다. "예를 들면 마법을 전방으로 발사했을 경우, 본인한테는 반동으로 뒤를 향하는 힘이 걸리죠. 마법이 강력해질수록 그 힘도 늘어나요. 그렇다면 자신의 발밑으로 마법을 발사하면 위로 향하는 힘이 작용하는 거죠. 실제로 그걸로 통상보다 높이 뛸 수 있어요."

그녀는 검지를 세웠다.

"다만 조금 전에 이론상이라고 그랬던 것처럼, 도약은 가능해도 비행에는 몇몇 장애가 지적되고 있어요. 우선 상공까지 올라가더라도 고도를 유지하려면 막대한 마력이 필요해요. 게다가 『비행』이니까 올라가면 끝나는 게 아니잖아요. 앞으로 나갈 필요가 있는데, 그러니까 아래와 뒤를 향해서 끊임없이 마법을 계속 발사하는 거죠. 게다가 자세가 무너지지 않도록 마력을 섬세하게 제어해야만 하고요. 논문을 읽은 적이 있는데, 솔직히 지금의 기술로는 어렵다고 전 느꼈어요."

"그렇군……." 마법을 쓸 수 없다면 실감할 수 없는 부분이지만 논리는 이해할 수 있었다.

"저기, 갑자기 미안해요." 입에 든 것을 삼키고 노바가 말했다. "그건 마법학의 기술이라는 의미, 인가요?"

"……아뇨, 그게." 그녀는 고개를 숙이고 어디까지나 개인적인 의견이라며 서두를 떼더니 계속 이야기했다. "현재의 마법 지팡이로는 힘들다, 그런 의미예요. 비행을 하려면 아마도 전용 지팡이라 필요하지 않을까요……. 아, 지팡이가 나쁘다는 게 아니라 구조적인 문제라는 의미로요."

익스는 무심코 미간을 찌푸렸다.

그런 일이 가능할까?

지금 이야기를 듣기로, 우선 마도관을 도중에 분기시키고 최소한 두 개의 발사구를 설치할 필요가 있다. 그리고 자세에 따라서 방출 마력량을 증감시키는 구조. 그러면서도 높은 전파 효율을 유지하지 못한다면 마력이 부족해져 버린다. 아니, 애당초 인간의 마력으로 충분할까…….

등줄기가 얼어붙는 듯한 공포를 느끼고 몸이 떨렸다.

어둠으로 내디딘 그 너머, 어디에도 지면이 없었던 것처럼.

지금 떠오른 무엇 하나도── 해결책을 떠올릴 수가 없었다.

정말로 인간은 그곳에 다다를까. 적어도 자신으로서는 도저히 무리였다.

"그런 지팡이를……." 그는 중얼거렸다.

"뭐, 뭐. 익스, 그저 즉흥적인 생각이니까 그렇게 진지하게 고민하지 말아요." 유이가 등을 만졌다. "뭐라도 좀 마실래요?"

"그래……."

받아든 그릇에 입을 댔다.

잠시 후, 광장 중앙에서 악기 연주가 시작되었다. 몇 명인가 빙 둘러앉아서 피리나 북을 손에 들고 있었다. 그것으로 충분한지 의외로 복잡한 음색을 연주했다. 많은 사람들이 둘러싸고서 박수나 휘파람으로 가담했다. 소리에 맞추어 춤추는 사람도 있었다.

"음." 문득 노바가 접시에서 고개를 들고 좌우로 시선을 움직였다.

"왜 그러나요?"

"아뇨, 이쪽을 바라보는 시선을, 느꼈어요."

"허어……." 유이가 고개를 갸웃거렸다. "시선을 느낀다──같은 게, 가능한가요? 그것도 전문적인 훈련으로?"

"비유, 예요. 정확하게는, 시야에 들어왔지만, 초점이 맞지 않는 장소에서, 누군가가 이쪽을 보고 있었다, 그런 의미가 되겠네요."

"발견했나?" 익스는 말했다.

"아뇨." 그녀는 고개를 가로저었다. "숨어버린 모양, 이에요."

"무언가 할 이야기라도 있는 걸까요. 저희는 신기하게 보이는 모양이니까."

끄트머리에서 우뚝 서 있는 그들을 알아차리고 마을 사람 몇

몇이 술을 권유했다. 광장에는 맥주, 과일주, 그리고 따로 챙겨둔 벌꿀술이 준비되어 있어서 예의 달콤한 향기를 흩뿌렸다.

"아니, 필요 없어." 무표정하게 익스는 거절했다.

"시시한 녀석이네……." 양손에 술을 든 남자가 얼굴을 찌푸렸다. "거기 너희는?"

노바와 유이도 말없이 고개를 가로저었다. 가볍게 혀를 차는 소리를 남기고 그는 떠났다.

"익스는, 술은 마시지 않나요?" 유이가 물었다.

"마실 필요를 잘 모르겠어. 반대로 어째서 마시는지 물어보고 싶을 정도야."

"그러네요, 저도 잘 모르겠지만 즐거운 기분이 된다든지……."

"축제로 충분하다고 생각하는데. 실제로 아이들은 안 마셔."

"그리고 반대로 슬픔을 달랜다든지, 그럴까요."

"슬픔을?"

"예. 제 고국에서는 장례식 따위에 대접해요. 괴로운 감정을 희석시키기 위해서 그런다고 들었어요."

"그렇다면 어째서 아이는 안 마시는데."

"글쎄요, 저도 마신 적이 없으니……." 유이는 익스를 보고 말했다. "뭐, 하지만 그렇게 말하는 건, 익스도 즐기고 있다는 거네요?"

"어? 아니, 나는——."

"……후후."

대답을 망설이다가 그녀의 웃음을 사고 말았다. 후드에 가려져서 얼굴은 안 보이지만 가느다란 어깨가 떨리는 것을 알 수 있었다.

한바탕 웃은 뒤, 유이가 말했다.

"미안해요. 일단 저는 좀 빠져도 될까요?"

"갑자기 무슨 일이야?"

"아뇨, 여기 음식을, 그게, 카밀라 씨한테 전해줄까 싶어서."

"아……."

"예, 그러세요." 노바가 작게 고개를 끄덕였다. "저는 여기서, 기다리고 있을게요."

"예? ……저기, 괜찮겠어요?"

"뭐가, 말이죠?"

"노바 씨는 일단 감시니까……."

"이 마을에서 다소 떨어진다고 해도, 문제는 발생하지 않는다고, 생각해요."

"그런가요……." 유이는 살짝 고개를 기울이고서 그녀 앞에 놓인 요리를 바라봤다.

"저기, 혹시나 싶지만, 식사를 좀 더 하고 싶은 건가요?"

"아뇨." 노바는 즉답했다.

2

광장에서 새로 요리를 받는 유이의 뒷모습을 바라보며 노바가 "가죠"라고 말했다.

"아니, 어디로?"

그렇게 물었을 때에는, 이미 그녀는 몇 걸음 앞을 걷고 있었다. 광장에 모인 사람들 사이를 미끄러지듯이 빠져나갔다. 어떻게든 익스가 따라가자 여전히 앞을 바라보며 말했다.

"저도 대강 확인했지만, 뮤모즈가 묻어 있지는, 않았어요."

"……독을 확인하려고 먹었나?"

"예." 흔들리는 앞머리 사이로 눈이 보였다. "뮤모즈가 묻어 있던 건, 저희가 먹은 요리뿐, 이에요. 그러니까, 그 뮤모즈는, 고의로 묻힌 걸로 여겨져요."

"누가? 뭣 때문에? 누굴 노리고?" 말하면서 익스는 머리를 굴렸다. "기덴즈가? 준비할 수 있었던 건 그 녀석밖에 없어."

"예, 저도 그렇게 생각했어요. 그 확률이, 가장 높지 않을까."

"그럼 아니란 말이군? 어떻게 알았지?"

"지금, 이에요." 노바가 전방을 가리켰다.

그녀의 손가락이 향한 곳, 유이가 걸어가는 모습을 건물 뒤에서 살피는 인물이 보였다. 검은색 법의를 입은── 기덴즈의 모습.

"저 녀석이잖아."

"아뇨, 그렇다면 저렇게 숨지 않고, 아까 고기를 줄 때에 수작을 부렸을 터, 예요. 누구를 노렸든지, 직접 시도했으니까요. 게다가 어젯밤에도, 방에서 단둘이 있었는데도, 유이 씨한테 아무런 짓도, 안 했죠. 저러고 있는 건, 독을 뿌린 인간이 짐작 갔으니까, 그렇겠죠. 감시하는 건 유이 씨가 아니라, 그 범인 쪽, 아닐까요."

"그렇다면 목표는── 유이인가? 하지만 어째서."

노바는 대답하지 않고 산책이라도 하듯이 자연스럽게 기덴즈의 등 뒤쪽에서 다가갔다. 어깨에 손을 얹자 그는 기세 좋게 돌아봤다.

"안녕하세요." 노바가 머리를 숙였다.

"어, 어어, 앞머리 아가씨인가……. 아니, 이런 곳에서 뭐해?"

"당신과 마찬가지, 예요."

"마찬가지라니……."

"그보다도──."

걸어가던 유이가 도중에 멈춰서는 옆을 보고 있었다. 이쪽을 알아차린 것이 아니었다. 그쪽에 있는 것은 이 마을에 온 날, 화물을 옮긴 창고였다. 안에서 누군가 불러 세운 모양이었다. 그녀는 작게 끄덕이고 건물로 들어갔다.

젠장, 그리 신음하며 기덴즈가 그쪽으로 달려갔다. 곧바로 노바가 뒤따르고 "뒷문은 저희가 막을게요"라며 말을 건넸다.

"아, 알았어. 미덥지 못하지만 부탁한다고──."

"예."

어느샌가 "저희"에 포함된 익스도 석연치는 않았지만 그녀를 따라갔다. 창고에 뒷문이 있다니 금시초문이었다.

뒷문에 달라붙어서 귀를 댔다.

"여, 도움이 필요하다면 내가 하지." 기덴즈가 그렇게 말하는 것이 들렸다. "모처럼 손님이 오셨는데 일을 시킬 수야 없으니까 말이야."

"괜찮나요?" 유이의 목소리였다.

"그래, 아가씨는 얼른 가."

고마워요, 그러고는 가벼운 발소리가 멀어졌다. 익스는 마음 속으로 안도의 한숨을 내쉬었다. 잠시 후, 기덴즈의 목소리가 가까워졌다.

"갑자기 어떻게 되어버린 거야, 너? 어제 막 온 손님한테 무슨 원한이 있는데? 이유 정도는 말해줘도 되겠지. 나랑 너 사이잖아. 일단 그런 도끼는 내려놓고———."

거기까지 들은 시점에서 노바는 자세를 슥 낮추고 뒷문을 발차기로 열어젖혔다. 거슬리는 소리가 울렸지만 축제의 소음 때문에 눈에 띄지는 않을 것이다. 그녀에 이어서 익스도 안으로 들어갔다.

어스름한 창고를 배경으로, 이쪽을 바라보는 기덴즈의 얼굴이 보였다. 넓은 등의 소유자가 그와 대치하고 있었다. 양손으로 무거워 보이는 도끼를 들고 있었다. 일그러진 얼굴이 이쪽을 흘 끗 봤다.

"진정하고 이야기를 좀 하자, 응, 가스?" 기덴즈가 양팔을 펼 쳤다.

체격 좋고 붉은 얼굴의 남자는 도끼를 든 손에 힘을 실었다.

노바가 어디선지 모르게 지팡이를 꺼내고 그에게 향했다.

천천히 이쪽으로 몸을 돌리고 가스는 낮은 목소리로 말했다.

"……손님, 당신의 강함은 잘 알고 있어. 특히 체술에 뛰어나다고."

　노바는 말없이 가만히 움직이지 않았다.

　"하지만 이 거리, 이런 체격 차이라면 내가 유리해. 길을 비워 주지 않겠나."

　"지팡이가 있어"라며 익스는 뒤에서 끼어들었다.

　"알고 있어. 하지만 당신은 마법을 사용해도 되는 상황에서도 어째선지 체술을 선택했지. 그건── 사실은 마법을 못 써서 그런 게 아닌가? 아무도 지팡이가 미끼라고는 생각하지 않아."

　"어, 그런 건가?" 무심코 노바의 등을 향해 묻고 말았다.

　"예." 그녀는 작은 목소리로 대답했다.

　"하하, 역시──!"

　그러면서 도끼를 들어 올리고 뛰어든 가스를 향해, 그녀의 지팡이에서 번개가 발사되었다.

　털썩, 소리를 내며 그의 몸이 바닥에 엎어졌다.

　잠시 아무도, 아무 말도 하지 않았다. 노바가 도끼를 빼앗고 몸을 묶는 사이, "거짓말이었냐……" 하고 기덴즈만이 혼잣말을 흘렸다.

　의식을 되찾은 가스는 훨씬 늙어보였다. 표정에는 힘이 없어서 조금 전과는 마치 다른 인격 같았다.

　"……마가 씌었다, 그런 변명을 할 생각은 없어." 그는 깊이 머리를 숙였다.

　"이봐, 진정한 건 괜찮은데, 갑자기 이므라(악령)가 든 게 아니라면 이유를 가르쳐 주지 않겠어?" 기덴즈가 팔짱을 끼고서 말

Illustrations copyright © Enji

했다. "그 아가씨하고는 첫 대면이잖아?"

"그렇다마다. 하지만……."

가스는 고개를 숙이고 짜내듯이 입을 열었다.

"그 손님은, 동방의 백성이었어."

"어? ……정말인가?" 기덴즈는 이쪽으로 고개를 향했다. "어, 아니지. 역시 그건 대답하지 마. 그건 그것대로 귀찮은 일이 될 것 같아. 하지만, 그런가……." 그는 눈을 감고 턱을 문질렀다. "있잖아, 가스. 말 안 해도 알 거라고 생각하는데, 그건 엉뚱한 원한이라는 녀석이라고. 아니, 원한조차 아니야. 그냥 화풀이지."

"…………."

"사정을, 설명해 주시겠어요?" 노바가 말했다.

"사정이라고 할 만큼 깊은 건 없어." 한 손을 내저은 기덴즈는 대답했다. "이 녀석의 아들은 루크타 전역에서 죽었어. 그것뿐이야."

긴 침묵을 두고, 가스는 "편지였어"라고 말했다.

"편지?"

"언제였던가, 레이레스트에서 온 화물 안에 편지가 섞여 있었지. 잘못 왔다고 생각해서 돌려보냈지만, 또 짐에 섞여서 답변이 왔어. 이번에는 내 앞으로. 싱거운 내용이었지만 나는 아들을 막 잃었을 때라서…… 그만 대화를 계속하고 말았지. 그리고 어제 온 내용에 적혀 있었던 거야. 젊은이 셋이 노츠월로 가는데, 그중 하나가 동방의 백성이다——라고. 아가씨, 레이레스트의 연회에서 당신이 보여준 영웅적인 모습에 대해서도."

"유이를 죽이라고 적혀 있었나?" 익스는 중얼거렸다.

"아니, 그건 아니야." 한순간 고개를 들고, 또다시 바닥을 바라봤다. "……이제 와서 둘러대려는 건 아니지만, 죽일 생각 따윈 없었어. 처음 만났을 때도 그런 기분은 전혀 없었지. 그저 조금만 이야기를 하고 싶다, 고……. 그렇게 생각해서 이 창고로 불렀어. 하지만 축제의 열기에 사로잡힌 사이에, 어째선지 이상한 기분이 솟구쳤지. 정신이 들었더니 거기 세워져 있던 도끼를 손에 들고── 아니, 그건 변명이겠군."

가스는 깊이 숨을 내쉬었다.

"정말로 면목 없는 짓을 했어. 사과를 한다고 용서받을 짓은 아니라는 건 알아. 손님이 마음대로 벌을 줘."

벌을 달라고 그래도, 익스와 노바는 할 말이 없어서 서로 얼굴을 마주 봤다. 그것을 결정할 권리가 있는 것은 두 사람이 아니라 유이일 것이다.

그때, 잠자코 고백을 듣던 기덴즈가 입을 열었다.

"저기, 두 사람. 뻔뻔스러운 이야기라고는 생각하지만…… 이 일은 비밀로 하고, 가스는 나한테 맡겨주지 않겠나."

"어째서……." 가스가 눈을 부릅뜨고서 그를 올려다봤다.

"일단 나도 주님을 섬기는 몸이라서 말이지. 이 녀석과는 오랜 인연이야, 올바른 길로 돌려보낼 수 있다고 나는 믿어. 뭐, 그렇게 말하는 나를 믿을 수 없다면 어쩔 수 없지만……."

어떻게 할까요, 노바가 시선으로 그렇게 물었다.

"솔직히 말해서 나는 아무래도 상관없어. 어차피 이 마을에는 더 이상 안 올 테니까."

"저도 마찬가지, 예요."

가스는 놀란 듯이 눈을 감고는 천천히 머리를 숙였다.

"뭐, 그 이유는 조금 신경이 쓰이지만, 감사하지. 고마워." 평소와 다르게 기덴즈는 진지한 표정을 지었다. "하지만 말이야, 가스. 내가 그 고기를 가져갈 걸 예상하고 독을 뿌려뒀을 텐데, 아무리 그래도 나까지 죽일 건 없잖아. 거기 아가씨가 없었다면 지금쯤 전부 승천했다고."

"독?" 그는 의아하다는 듯 눈을 깜박였다. "독이라니 무슨 소리야?"

"무슨 소리긴…… 어젯밤에 네가 뿌린 뮤모즈 말이야. 그 고기 요리에…….

"모, 몰라. 아까도 말했다시피 이상한 기분이 든 건 조금 전이야. 어젯밤에 음식을 모은 건 너한테 지시받은 아이들……."

"……뭐라고?"

노바가 퉁기듯이 창고 밖으로 뛰쳐나갔다. 서둘러서 익스도 뒤를 쫓았다.

"미끼예요." 빠른 말투로 그녀는 말했다. "편지를 받은 인물이 하나 더 있어요."

"왜 그렇게까지 유이를 노리는 거야."

광장으로 나왔지만 그녀의 모습은 이미 보이지 않았다. 카밀라의 집으로 가는 중이리라. 혹시 그 사이, 마을 사람한테 음식을 권유받았다면——.

아니, 해독제는 있다. 미량이라면 괜찮을 터. 많이 섭취했을 경우에는, 지금은 생각하지 말자.

어쨌든 둘이서 인파를 헤치며 나아갔다. 길을 비켜달라고 소리쳐도, 축제로 흥분한 사람들의 귀에는 닿지 않았다. 오히려 새로운 축제 방식이라고 생각해서는 부추기고 드는 꼴이었다.

그래도 어떻게든 혼잡한 상황을 빠져나가자 이번에는 노바의 옷을 누군가가 붙잡았다.

"저기"라며 시야 아래에서 말을 건넸다.

"……욘다?" 익스는 중얼거렸다.

이 마을에 왔을 때, 자신에게 말을 건넨 소녀였다.

그녀는 양손으로 그릇을 들고서 그것을 노바에게 건넸다. 안에는 투명한 액체가 들어 있었다.

"언니, 이거 마셔."

노바는 몸을 웅크려서 그 그릇을 받아들었다. 신중하게 기울여서 혀를 댔다.

살짝 고개를 기울이고 그녀는 말했다.

"……과연."

"있지, 맛있지?" 욘다는 기쁜 듯이 웃었다. "그러니까 언니 얼굴 보여줘."

"얼굴, 말인가요?"

"응. 계속 가리고 있잖아? 보고 싶은걸."

"그 전에, 욘다."

"뭔데?"

"편지를, 가지고 있나요?"

"편지?"

"여기에 넣은 가루를, 보낸 편지, 에요."

"응, 가지고 있어."

"보여줄 수, 있을까요?"

"알겠어—."

그녀는 품속에서 작은 쪽지를 꺼냈다.

"……그런, 가요." 받아든 쪽지를 훑어보더니 노바는 고개를 끄덕였다. "유이 씨는 당신 앞에서 이야기하지, 않았으니까요. 남자라고 생각한 거, 겠죠."

그녀한테 편지를 받아서 익스도 내용을 읽었다. 간단한 표현으로 다음과 같은 말이 적혀 있었다.

〈얼굴을 가린 언니의 음식에 몰래 이 가루를 넣어. 무척 기뻐해 줄 테니까.〉

3

욘다도 기덴즈에게 맡기고 익스와 노바는 창고 뒷문으로 돌아왔다. 다행히도 문은 간단한 구조라서 창고에 있던 공구로 고칠 수 있었다. 몇 번 열고 닫아서 확인했다. 살짝 삐걱대는 소리는 났지만 불평을 들을 정도는 아닐 것이다.

"그럼, 광장으로 돌아가죠."

그러면서 나가려는 노바는 "기다려"라며 불러 세웠다.

"유이한테 이야기 안 해도 되겠어?"

"뭘, 말인가요?"

"너는 유이를 감시하는 게 아니야. 사실은 반대겠지?"

"무슨 뜻, 일까요?" 그녀는 보란 듯이 고개를 갸웃거렸다.

"역시나 거짓말이 능숙해." 한숨을 내쉬고 계속 말했다. "유이가 멋대로 행동하는 게 문제라면 굳이 따라올 필요는 없어. 수도의 방에 가둬두면 그만이지. 하지만 노바, 너는 그렇게 하지 않고 저 녀석이 마음대로 하게 둔다고 할까── 의사나 행동을 존중하고 있어. 그렇다면 뭘 감시하는 거지?"

익스는 창고 밖으로 시선을 향했다.

"유이를 습격하는 녀석이 없는지 감시하고 있다── 그런 이야기겠지. 이번 일로 그게 확실해졌어."

"…………."

노바는 한동안 가만히, 무언가 생각하는 모양이었다. 이윽고 가볍게 턱을 당겼다.

"그 말 그대로, 예요."

"말 안 해도 되겠어? 감시가 아니라 호위라는 걸 안다면 유이는 안심하겠지."

"오해하고 있군요." 그녀는 앞머리를 건드렸다. "확실히 저는 호위, 이지만, 결코 유이 씨의 아군이 아니에요. 반대로, 그녀를 이용하기 위해서 지키고 있어요. 하지만, 그걸 이야기하는 건 더욱 지독한 일, 이겠죠."

"이용? 하지만 그 녀석은──."

"인질로서, 형식적인 것 이상의 가치가 없다는 건, 이미 파악하고 있어요. 그녀는 루크타에서도, 왕국에서도 방치된 존재, 였어요. 얼마 전까지는."

"대체 무슨 일이 있었지?"

"왕립학교의 시험, 이에요."

"허?"

"전날의 시험에서, 그녀는 제4석의 성적을 거두었어요. 일반 강의에서도, 마법 실기에서도 이미 대부분의 학생을 능가하는 실력이에요."

"그건…… 굉장하네." 그리 말할 수밖에 없었다.

"굉장하다는 것보다 이상, 해요." 그녀는 고개를 끄덕였다. "루크타에는, 학교 제도가 없었다고 해요. 마법에 대해서도, 유이 씨는 학교에 온 뒤에서야 배우기 시작했죠. 그게, 언어조차 변변히 못 하던 상태에서, 불과 일 년 만에 4석, 이에요. 솔직히 말해서, 왕국의 체면이 서질 않아요. 표면상으로서는 제48석이라고 발표되었어요."

"……그걸 저 녀석은 이상하다고 생각하지 않나? 시험을 치른 반응과 결과의 괴리에 대해서."

"자신을 과소평가하고, 능력의 대부분이 지팡이의 힘에 따른 것이라고 생각하는 모양, 이에요. 시험에서는 그만큼을 빼고, 순수한 스킬을 평가받은 것이다, 라고."

"마법사가 가진 힘을 완전히 발휘하도록 만드는 게 지팡이의 역할이야. 아무리 뛰어난 물건이라도 실력 이상의 힘을 주지는 않아."

"『자신의 지팡이만큼은 특별하니까』──라고 이야기했어요. 저로서는 의미를 모르겠지만, 무언가 알고, 있나요?"

"······아니." 익스는 말없이 어깨를 으쓱였다.

"어쨌든 그 탓에, 그녀를 위험시하는 목소리가, 나오게 되었어요. 혹시 학교에서 갑작스럽게 폭주했다가는, 학생 다수가 살해, 당하겠죠."

"그런 일은 안 벌어져."

"동감, 이에요."

아마도 의식이 어긋났을 테지만 익스는 지적하지 않았다.

"하지만 한편으로, 그녀의 능력에 주목하고, 이용하려는 세력도 나타났어요. 그들이 파견한 것이 저, 예요."

"나도 아는 세력이라면 좋겠는데."

"혁신파, 예요."

"······노바도 신파인가."

"예. 저희는 국교회 내부에 침투해서, 때를 봐서 일제히 개혁을 진행할 예정, 이에요. 그 점에서, 탈퇴파의 방식에는 낭비가 많아요. 섣불리 반란 따위를 일으키면, 저희의 계획에 지장이 생겨요. 그러니까 오브라일가의 소동은 예상 밖, 이었고, 신속하게 해결할 수 있었던 것은 요행, 이었어요. 그때 일은, 감사해요."

"그래서······." 한 손을 펼쳤다. "저 녀석을 어떻게 이용할 생각이야."

"아무리 평화적으로 개혁을 이루어도, 틀림없이 왕국은 혼란에 빠질, 거예요. 개혁의 기운이, 나라 밖으로도 파급될지도 몰라요. 지배 지역에서 동란이 벌어져서는 곤란해요. 그래서, 우리의 영향력이 미치는 지배자를 준비해 두고, 그 움직임을 통제하는 거죠. 이미 루크타의 권력자 일부는 포섭을 마친 상황, 이지만요."

"유이를── 루크타의 지도층에 밀어 넣겠다고? 진심으로 하는 말인가?"

"예." 그녀는 시원스럽게 긍정했다. "유이 씨가 나라로 돌아가서, 본인에게 그럴 마음만 있다면, 왕국의 지원 없이도 충분한 지위를 구축할 수, 있겠죠. 그만한 능력을 가진 인물이에요. 저는 그렇게 판단했고, 오브라일가에서 있었던 일을 보고하면, 위에서도 그렇게 생각하지 않을까요."

"설마 그걸 예측하고 이번 의뢰를 받아들였나?"

"아뇨, 저는 아니에요." 노바는 살짝 고개를 숙였다. "하지만, 지나치게 형편에 맞는 것도 사실, 이에요. 라유마타 씨가 도와줄 사람으로 유이 씨를 지정한 것에서는, 작위성이 느껴져요. 어딘가에서 거래가 있었지 않을까요."

"어딘가라니, 어디서?"

"위에서."

그녀가 위를 가리키는 것에 이끌려서 하늘을 올려다보고 말았지만 물론 그런 뜻이 아닐 것이다.

"……지금 그거, 이야기해도 되는 내용이었나."

"이르든 늦든 유이 씨도 깨닫게, 되겠죠. 하지만, 설령 깨닫더라도, 사람들을 위한 일이라고 생각한다면, 그녀는 감정을 버리고 행동해요. 그런 인격, 이에요. 루크타에서 무질서한 동란이 벌어지고, 그 결과로 태어나는 희생을 생각하면, 누군가가 제어하는 편이 좋은 결과가 될 것은 자명, 하겠죠. 그 누군가가 어떤 꼴이 될지라도, 숫자를 비교한다면……."

"제멋대로군."

"예. 저는 그녀한테서 그녀의 인생을 빼앗겠죠. 잔혹한 처사, 예요."

아무래도 이야기가 너무 거대하다, 익스는 생각했다. 사는 세계가 다르다고 할까, 전제가 되는 사고의 규모에 차이가 있었다. 지팡이를 만든다, 만들지 않는다. 그 정도로 고민하는 자신으로서는, 유이가 짊어진 것 따위는 상상도 가지 않았다.

노바가 또 입을 열었다.

"오브라일가에 그 밖에도 잠복한 자가 있었는지, 아니면 소문으로 들었는지 모르겠지만, 습격의 전말을 안 탈퇴파가 있었던, 거겠죠. 유이 씨가 소동을 수습한 사실이, 그때까지 그녀를 위험시하는 목소리나, 동방의 백성에 대한 감정과 결부된 결과, 마을 사람에 대한 지시로 이어지지 않았을까요."

저택 습격 후로 노바도 이것저것 이야기를 들었다. 적극적으로 선전하지 않더라도 그만한 영향력은 가진 사람들이 모인 연회였던 것이다. 정보는 간단히 누출되리라.

"가스 씨나 욘다의 수작은, 아마도 원래의 계획── 축제에 편승한 반란을 대비한 것으로, 갑작스럽게 그것을 사용했다고 생각하지만……. 어쨌든, 그런 인간을 내버려 둘 수는 없어요. 한시라도 빨리 돌아가서 보고하고, 찾아내야겠죠."

"수작이라……."

하지만 짐수레에 편지를 섞어둔다는 것은 이전에도 들은 이야기인데── 그런 생각이 들자마자 익스는 "어?" 소리 높였다.

"무슨, 일인가요?" 노바가 익스를 봤다.

"아니…… 뭐라고 할까." 익스는 고개를 갸웃거리며 눈을 깜박였다. 힘이 빠졌다고 할까, 맥이 빠진 느낌이었다. "문지기겠지? 범인."

"예?"

"그게 말이지, 애당초 우리가 노츠월로 가는 것 자체를 아무도 알 수가 없었잖아. 결정한 건 전날 심야였고, 누님한테 이야기했을 뿐이야. 그날 아침에 도시를 나서는 유이를 목격하지 않는 한, 편지 같은 건 못 써."

"길에는 통행인이 있었어요. 문지기가 아니더라도 알 수 있을 터, 예요."

"그렇지. 하지만 편지를 넣은── 그러니까 짐수레를 건드린 녀석은 하나밖에 없어. 문을 나설 때에 화물을 확인한 문지기야. 그렇다면…… 아, 그런가." 익스는 입가를 손으로 가렸다. "지팡이 벽을 해제했다고 그런 밀서도 마찬가지야. 그걸 발견한 문지기, 아니면 경비를 맡은 병사 중 누군가의 자작극이겠지. 그러니까 경비 상황을 상세하게 적을 수 있었던 거야."

"무언가의 양동, 인가요."

"그럴지도. 예를 들면…… 레이레스트에서 반란을 일으키려던 녀석이 수도로 주의가 쏠리도록 만들었다든지? 뭐, 어떤 일이든 상관없어."

"그거, 라유마타 씨한테 연락하는 편이, 낫지 않을까요?" 노바가 지적했다.

"그럴까……"라며 미간을 찌푸렸다. "내가 알아냈으니 누님은 진즉에 알아차렸을 거야. 지금쯤 붙잡았든지, 알고서도 풀어 둔 게 아닐까."

그렇다…… 생각해 보면 이것은 자명.

애당초 지팡이 벽이 풀렸을 리가 없으니까…….

이것이 인간의 특성인가? 아니면 자신의 어리석음인가?

진실로 보이는 이야기에 대해서는 천천히 단계를 밟아서 검토할 수 있을 텐데.

의심스러운 이야기를 일단 받아들이자 그것이 가정이라는 사실을 잊고 만다.

있을 수 없다, 그런 연막에 현혹된다.

그 안에 사로잡힌다.

'아아── 그러니까 마녀는…….'

시야가 명료해지는 것 같은 감각을 느꼈다. 인접한 의문이 차례차례 풀리는 것 같은. 크기순으로 판자를 세우고 턱턱 쓰러뜨리는 어린아이 놀이를 연상했다.

그렇구나, 마녀는 잔혹하다.

익스는 깊이 한숨을 내쉬었다.

조금 더 생각할 것을 그랬다.

마녀니까, 마법이니까, 용의 지혜니까. 그렇게 믿지 말고.

생각해 보면 그런 것은 누구의 눈에도 명백했는데……

"이제 슬슬, 유이 씨가 돌아, 오겠죠." 노바가 말을 건넸다. "광장으로 돌아가죠."

"아니, 나도 카밀라한테 용건이 있어. 합류해서 올게."

"그런, 가요."

창고에서 광장으로 나와서 조금 전에 서 있던 장소로 돌아왔다. 역시나 소란을 피우는 것도 지쳤는지 악기 연주는 멈췄고 마을 사람들은 느긋한 시간을 보내고 있었다. 길로 시선을 향하자 멀리서 이쪽으로 오는 회색 외투가 보였다.

"그런데……"라며 익스는 말했다. "유이를 지킨다고 해도, 같은 장소에 묶어두는 편이 편할 것 같은데 이렇게 자유로이 행동하게 두는 건 뭐지? 속죄라도 한다는 생각인가?"

"……예." 노바가 작게 고개를 끄덕였다.

"그것도 위에서 내려온 명령인가?"

"제 의지, 예요."

"어째서 그런 짓을……."

"유이 씨한테 도움을 받았을 때, 예요." 그녀는 툭하니 말했다. "그때 저와 그녀는 그저 동급생, 이었어요. 그런데도, 그저 곤란해한다는 이유로, 그녀는 저를── 적국의 백성을 도왔어요. 그 이유를 알 수가 없었는데, 어울리는 사이에 납득했어요.

그저 단순히 상식을 벗어난, 선량한 심성의 소유자니까, 예요."

노바는 앞머리를 흔들며 고개를 숙였다.

"가능하다면 유이 씨는, 왕국의 사정 따윈 관계없이, 평화로운 장소에서, 마음대로 살았으면 해요. 그것이 개인적인 바람, 이에요. 자유롭게 두는 것은, 그런 자기만족을 충족시키기 위해서, 예요."

그렇게 말해 버리면.

"……그렇군."

수긍할 수밖에 없었다.

정말로 그랬다.

유이는 가족을 잃었다.

고국에서 끌려 나왔다.

이런 이국에서, 홀로…….

어째서 그런―― 지독한 일을 당한 인간이, 이 이상 귀찮은 일에 말려들어야만 하는가. 탈퇴파 녀석들을 쓰러뜨리고, 누군가 목숨을 노리는 꼴이 되고, 혁신파의 말이 되는 것인가.

하지만 그녀는 그것을 선이라 생각하면 행할 것이다. 보다 바람직한 길을 모색하고, 또 다른 수단은 없는지 고민하고, 적국의 백성일지라도 돕고, 끝없는 심신의 고통을 품을 것이다.

그 행동에 지팡이나 아버지는 관계없이.

그저 그녀 본인의 선량함 때문에.

왕국의 시답잖은 정쟁이니, 잃어버린 축제니, 마녀의 전승이니, 그런 것들과 엮이지 않고 지낼 수 있다면 그것이 최선이지 않을까…….

그녀의 행복을 바란다면…….

익스는 몇 걸음 걸어가다가 문득 돌아봤다.

"……생각을 좀 했는데."

"그것 말고도, 또 무슨." 노바가 익스를 봤다.

"아무리 독을 확인한다고 그래도, 그만한 양을 먹을 필요는 없었던 거 아닌가?"

"그런, 가요?"

4

카밀라는 탁자에서 자고 있었다.

뻗은 한쪽 팔에 머리를 얹어서 옆을 보고 있었다.

맞은편에 앉은 인간은 금세 알아차렸다.

몸을 일으키고 상대의 얼굴을 응시했다.

"……유이."

"배가 고플까 싶어서요."

그녀가 음식을 탁자에 내려놓았다. 평소에 맛볼 수 없는, 향긋한 향기가 코를 간질였다.

"고마워. 잘 먹을게."

그러면서 미소 지었지만 공복감이 없어서 한 입 먹고 그릇에 다시 놓아버렸다. 유이는 그것을 보고도 아무 말도 않고, 그렇다고 해서 집을 나가지도 않고서 창밖을 멍하니 바라보고 있었다.

정말로 그녀는 이곳에 있는 것일까.

"저기……." 카밀라는 중얼거리듯이 말했다. "마녀님은 어째서 사라져 버리는 걸까."

대답은 없었다.

바깥의 비가 조금씩 강해지고 있었다.

정신이 들자 유이가 카밀라의 얼굴을 가만히 바라보고 있었다.

"……카밀라 씨."

"왜?"

"계속…… 생각하고 있었어요." 그녀는 생각에 잠긴 표정으로 입을 열었다. "처음에 있었던 건 소박한 의문이었어요. 고기 저장제 날에 마녀가 나타나서 아이를 먹는다── 그게 전승이에요. 하지만 그렇다면 이야기는 간단하겠죠. 축제를 그만두면 돼요."

유이는 자신의 손으로 시선을 향했다.

"저는 마녀와 직접 만나지 않았고, 그녀의 정체는 몰라요. 그러니까 어째서 마녀가 축제 날에만 나타나는지── 그에 대한 고찰은 불가능해요. 하지만 아무리 신에 대한 감사라고 해도, 위험을 무릅쓰면서까지 계속할 이유는 없다고 생각했어요. 그 축제에 인간 측의 이익이 없다면, 말이지만요."

"이익? 아이가 먹혀버리는 게?"

"죄책감 없이 인간을 하나 없앨 기회예요." 그녀는 담담하게 계속 이야기했다. "가난한 가족에게, 때로 어린아이는 무거운 짐이 돼요. 그와 동시에 가장 버리기 편한 짐이기도 하죠. 여차

하면 또 만들면 되니까요. 하지만 그때 걸리는 정신적 부담은, 노인을 버리는 것에 비교하면 훨씬 커요. 떠맡아 줄 존재가 있다면 고맙겠죠."

"……그게 네가 생각한 거야?"

그렇게 묻자 그녀는 어깨를 으쓱였다.

"지금 이야기는 그저 추측이에요. 확인할 방법도 없으니까요. 제가 생각하던 건 그게 아니라 마녀의 저주란 무엇인가, 라는 거예요. 아시죠? 당신은 마녀에게 저주를 받고, 그래서 가족도 재산도 잃었다는 이야기를 듣고 있어요."

살짝 고개를 끄덕여 대답했다.

"확실히 카밀라 씨는 부모님을 잃고, 재산도 빼앗겼어요. 이런 아무것도 없는 집에 혼자서 살고, 마을의 우물을 사용하지 않고 먼 곳까지 물을 뜨러 가는 모양이에요. 저주받았다── 그런 소문이 도는 것도 무리는 아니에요."

"마녀님은 저주 따윈……."

"예, 마녀의 저주 따윈 없어요." 그녀의 눈동자가 카밀라를 꿰뚫었다. "집에 남은 물건을 버린 것도, 밖으로 물을 뜨러 가는 **것도 당신이 하고 있는 일이에요.** 그에 외부의 영향은 없어요. 그렇다면── 틀림없이 저주를 받아야만 하는 무언가가 있는 거겠죠. 어디까지나 선량한 사람이기에── 그럴 수밖에 없었던 사정이."

"나는…… 착한 사람이 아니야."

"아뇨, 당신은 선인이에요. 그저 순수하게, 주변 사람들의 행복을 바라고 있죠. 저 따위는 도저히 따라갈 수도 없어요."

"…………."

"이야기를 마녀로 되돌리죠. 대략 20년 전, 병에 걸린 임산부가 이 마을로 찾아왔어요. 그녀는 마침 이 시기에 출산하고, 동시에 목숨을 잃었죠. 마을에서는 고기 저장제를 진행하고, 나타난 마녀가 그 갓난아기를 잡아갔다고 해요. 하지만——." 유이는 고개를 갸웃거렸다. "어째서 그 아이는 잡혀가고 말았을까요? 그 무렵 마을에서는 소니므가 만면해서, 축제는 거의 형식적인 것에 불과했다고 들었어요. 어머니도 아닌 누군가가 갓 태어난 갓난아기를 흥겹지도 않은 축제에 데려가고 그걸 마녀가 노렸다—— 너무나도 부자연스러운 상황이에요."

그녀는 이미 전부 알고 있는 것이리라.

그 목소리에는 규탄하는 기색도, 걱정하는 기색도 없었다.

"누군가에게 도움이 되고 싶었다—— 그렇죠? 카밀라 씨."

"……기덴즈가 말했어?"

예, 유이가 고개를 끄덕였다.

"그런가."

자신은, 그저…….

누군가에게 도움이 되고 싶었다.

모두에게 도움이 되고 싶었다.

그저, 그것뿐…….

그것뿐이었는데.

어째서 그런 짓을 했나.

좋은 생각이라고 진심으로 믿었다.

모르겠다.

마을에서는 병이 유행해서 다들 고통스러워하고 있었다.

어머니가 죽어서 외톨이가 된 갓난아기가 울고 있었다.

조금만 돌봐줘, 그리 부탁받은 자신의 품속에서…… 울부짖고 있었다.

지금 이 마을에, 이 아이를 기를 여유는 없으리라.

배가 고파서, 점점 죽어가는 것은 괴로우리라.

그러니까 이렇게나 우는 것이리라.

그러니까…….

그 손에 꽃을 쥐어주고.

안고 있었다.

틀림없이 감사받을 것이라 생각했다.

그것을 먹는다고 들었으니까.

기뻐해 줄 것이라고.

마녀가 되는 방법도 가르쳐 줄지 모른다고.

생각했다.

"익스 군한테…… 이야기했어?"

일어서서 문에 손을 댄 유이에게 물었다.

"처음에는 그럴 생각이었지만요." 그녀는 카밀라를 돌아보고 미소 지었다. "그만뒀어요. 아무런 해결도 안 되고, 그저 나쁜 생각을 하는 사람이 늘어날 뿐일 테니까요."

"그래……."

"이야기해 줬으면 하나요?"

"아니, 하지 말아줘."

"그렇겠죠."

그것만 말하고 유이는 나갔다.

제멋대로인 자신을 이 방에 남기고…….

어째서 자신은 살아있는 것일까, 가끔씩 생각한다.

어째서 동생을 구하지 못했던 자신이 살아있는 것일까.

어째서 아버지와 어머니가 죽었는데도 자신은 아직 살아있는 것일까.

두 사람이 죽었을 때, 그때가 돼서야 간신히 벌이 시작되었다고 생각했는데…….

어째서 마을 사람들은 자신이 한 일을 알고, 그러면서도 마을에 계속 두고 있는 것일까.

멍하니 생각하는 사이, 또다시 잠들었던 것일지도 모르겠다.

이번에는 눈앞에 남자가 서 있었다.

"익스 군?"

꿈일까?

그는 맞은편에 앉아서 탁자에 팔꿈치를 얹었다. 무언가 말하기 거북해하는 모습이었다.

"왜 그래?"라며 물었다.

"그게……." 익스는 입가를 손으로 덮었다. "나로서는 잘 모르겠어. 어떻게 하는 것이, 누구에게 좋고, 누구에게 좋지 않은지. 좀 더 심각해질 것도 같고, 지금보다 나아질 것도 같아. 개인적으로는 좋다고 생각하지만, 그저 내 편견이 포함된 걸 테고…… 그러니까 어쨌든, 그쪽의 판단에 맡기고 싶어. 아마도 카밀라가 바란다면 반대하지는 않겠지. 저쪽은 포기하고 있을 뿐일 테니까. 게다가 실제로, 이게 좋다고 생각하는 인간이 있었으니까 이렇게 된 거고……"

"자, 잠깐만." 쓴웃음 짓고 말했다. "그런 소리를 해도 전혀 모르겠다고. 고민한다는 건 알았으니까, 무슨 말을 하고 싶은지 순서를 정해서 설명해."

"어, 어어, 순서를 정해서……. 그러니까, 그게 말이야——."

분명하지 못한 그의 이야기를 들으며 카밀라는 미소 짓고 있었다.

어째서일까?

이 텅 빈 방에…….

어째선지 안도하는 자신이 있었다.

5

오후부터 비가 강해지고 있었지만 그에 대항하듯이 축제로 더욱 흥겨워졌다. 사람들은 마구 떠들면서, 수확을 마친 밭으로 모여들었다. 악기를 가진 어른이 밭 옆으로 나란히 서고, 젊은이나 아이들이 흥분해서 소리 지르며 밭으로 뛰어들었다. 이윽고 연주가 시작되고 고기 저장제의 최후를 장식하는 무도가 시작되었다.

"돌아가는── 건가요?" 신이 난 그들의 모습을 바라보며 유이는 노바에게 되물었다.

"예"라며 그녀는 고개를 끄덕였다. "보고 기한이 있다는 걸, 까맣게 잊고 있었어요. 당장에라도 이 마을을 떠나고 싶다, 생각해요."

"도중에 밤이 될 거라 생각하는데요……."

"도시 근교에서 야영하고, 내일 아침 일찍 도시로 들어갈게요. 해가 질 때까지 가도로 들어서면, 마수 걱정은 없어요."

"저기, 그러면 노바 씨한테 감시를 당하고 있는 저는──."

"같이 따라와 준다면 고마울, 거예요." 노바는 가만히 유이를 봤다. "어떻게, 하시겠어요."

"……알겠어요." 유이는 한숨을 내쉬었다.

"고마워요."

"뭐, 저한테 선택권이 있는 이야기가 아니니까요."

"그럼."

당장에라도, 그리 말했다시피 노바는 밭에서 벗어나려고 했다.

그쪽 방향에서 아는 얼굴이 종종걸음으로 다가왔다.

"벌써 끝인가." 밭의 무도를 보고 익스가 말했다.

"뭐, 끝인지는 모르겠지만요." 유이는 밭을 흘끗 쳐다봤다. "마녀가 오지 않을 경우, 그들은 언제 무도를 그만둘까요. 굉장히 가라앉을 것 같은데요……."

"가라앉아?"

그녀는 생각을 이야기하기로 했다.

"그냥 제 생각이지만, 마녀의 등장은 이미 이 축제의 일부가 되어 있는 게 아닐까요. 기덴즈 씨가 말했다시피, 마녀가 나타나서 모두가 도망치는 것으로 이 마을의 고기 저장제는 끝나겠죠? 무서워하기는 할지도 모르겠지만, 필요한 존재가 되어 있는 것 같아요."

"그렇군……."

뭐, 이것도 그저 추측이다. 인간이 알 수 있는 것에는 한계가 있다. 그런 잡담을 나누는 사이, 노바가 끼어들었다.

"미안해요, 익스 씨. 저희는 지금부터 레이레스트로 돌아가요. 보고해야만 하는 일이, 있어서."

"보고? 아…… 그런가."

"예."

"익스는 어떻게 할래요?" 유이는 물었다.

"급한 용건은 없어. 나는 내일 돌아가지."

"그럼 레이레스트에서 만나죠. 라유마타 씨한테는 직접 보고하러 가는 건가요?"

"아니…… 편지로 마칠 생각이야."

"그런가요."

수도에 온다면 조금은 안내를 해주자고 생각했는데, 어쩔 수 없다.

그럼, 그러고서 머리를 숙이자 익스가 두 사람을 멈춰 세웠다.

"돌아가기 전에…… 하나 협력해 주지 않겠어?"

"뭘 말인가요?"

"마녀를 부르겠어."

"예?"

"아까 유이가 말했던 것처럼 축제가 끝나지 않는 건, 그, 곤란하잖아."

"그건 그렇지만…… 어떻게?"

마녀는 더 이상 축제에 오지 않는다고 그랬을 터. 부른다는 것은, 또 숲에 있다는 집을 방문할 생각일까. 딱히 그건 상관없지만 아무래도 이야기가 갑작스러웠다.

익스는 입가에 손을 대고 시선을 위로 향했다.

"그게…… 그러네, 아, 벼락이라도 떨어뜨려 주겠어?"

"벼락?"

"80년 전의 축제에서는 폭풍과 함께 마녀가 나타났다고 그러잖아."

"벼락을 떨어뜨리면 마녀가 오는 건가요?" 그건 뭐냐며 고개를 갸웃거렸다. "게다가 아무리 마법이라도 벼락을 떨어뜨리진 못해요. 먹구름뿐이라서 뇌운도 없고요."

"벼락이 떨어진 것처럼 보이기만 하면 돼. 요컨대 연출이야."

"허어……?"

참으로 석연치 않지만, 하지만 노바를 위해서는 서둘러 마을을 나서야만 하고, 그렇게 보이는 것뿐이라면 가능할 것 같다. 그러니까 섬광과 소리, 하얀 빛을 한순간 방출하고 그 후에 벼락이 떨어진 것처럼 소리를 울린다. 음향 마법은 특기가 아니지만…… 지팡이의 힘을 믿을 수밖에 없다.

"그렇게 보이기만 하면 되는 거죠?"

"그래, 해줘."

품속에서 지팡이를 꺼냈다. 마을 사람들은 밭을 보느라 정신 없었다. 알아차리지 못할 것이다.

빛도 소리도, 과하면 해가 된다. 어느 정도로 조정하면 좋을지 눈을 감고 계산했다.

때마침 비도 강해졌다. 연주가 한층 더 흥이 오른 참에 지팡이를 앞으로 뻗었다.

한순간 숨을 멈추고 있는 힘껏 빛을 방출했다.

하얗게 물드는 시야.

살짝 지나치게 강했을지도 모르겠다.

간발의 차이도 없이 소리를 울렸다.

벼락의, 저 하늘을 찢어발기는 것 같은.

어떻게든 그럴싸하게 할 수 있었을까.

등 뒤에서 벼락이 떨어진 것 같은 착각을 느꼈을 터. 곧바로 지팡이를 집어넣었다.

스스로 생각해도 잘 되었다고 평가했다. 제대로 성공해서 기분이 좋았다.

하지만 아무도 돌아보지 않았다.

빛이 너무 강해서 일시적으로 시력을 빼앗고 말았을지 불안 해졌지만 그렇지는 않았다. 아니, 실제로 시야는 살짝 흐릿했지만, 그들이 이쪽을 보지 않는 것은 벼락보다 주시해야 할 것이 밭 너머에서 나타났기 때문이었다.

어스름한 숲 안쪽에, 뾰족한 모자와 외투의 윤곽이 보였다.

"마녀다"라고 누군가가 말했다.

마녀다, 마녀가 있다, 마녀가 왔다──. 저마다 외치고, 사람들이 도망쳤다. 어떤 사람은 이성의 팔을 붙잡고 마을로 달려갔다. 공포에 빠진 얼굴과── 묘하게 즐거워 보이는 얼굴이 거의 비슷하게 있었다.

이곳에 남는 것도 이상하니까 세 사람도 그들과 함께 달려갔다. 긴박감이 없는, 고작해야 잔달음질 정도의 도주였지만.

다리를 움직이며 익스에게 속삭였다.

"저 마녀…… 카밀라 씨로 보였는데요."

"그래." 그는 당연하다는 듯 긍정했다.

"어떻게 된 건가요?"

"마녀가 안 온다면, 마녀 분장을 해서 나오는 건 어떠냐고 제안했어. 마녀를 가까이서 본 적이 있는 마을 사람은 없으니까. 윤곽이 같다면 못 알아차리겠지."

"그건 의미 있나요?"

"아니, 의미는 없어."

유이는 익스의 눈을 가만히 봤다.

"저기, 뭔가 숨기고 있지 않나요?"

"뭘?"

"……확인하고 싶은 게 있는데, 숲 속에서 당신은 마녀와 만났던 거죠?"

"마녀?" 익스는 무표정하게 대답했다. "아니, 사실은 없었어."

6

다음 날 아침에는 비는 그쳤다. 아직 하늘에 구름은 많았지만 먹구름은 적었다.

마을의 길이나 광장에는 여기저기에 축제의 잔재가 잠들어 있었다. 그럭저럭 이성을 가지고 놀던 어른들이 청소 중이었다. 대부분의 참가자는 아직 꿈에서 계속 축제를 즐기고 있었다.

익스는 짐을 짊어지고 레이레스트 방향으로 향했다.

차가운 바람이 수확을 마친 밭을 건너갔다. 완만한 흐름이었다. 계절을 밀어내고 있기 때문이리라.

잔뜩 고기를 먹고, 술을 마시고, 그리고 떠들던 이 축제의 기억. 그리고 언젠가 올 봄에 대한 희망만이 겨울을 극복할 양식이었다.

"이, 이봐."

등 뒤에서 달려오는 발소리에 돌아봤다.

숨을 헐떡이는 기덴즈가 서 있었다. 어지간히도 서둘렀는지 옆구리를 누르고 있었다. 소매로 이마의 땀을 훔치고서 이쪽을 봤다.

"이, 이거, 어떻게 된 거야." 오른손에 들린 종이를 들이밀었다. "익스, 네가 한 일인가?"

얼굴을 가져다 대고 내용을 읽었다. 카밀라가 기덴즈 앞으로 보낸 편지로, 〈지팡이를 손에 넣을 수 있을 전망이 생겼으니까 마법을 배우고 올게요. 이제까지 고마워요〉라고 적혀 있었다.

"아니, 나는 관계없어"라며 고개를 가로저었다.

"세상에, 과, 관계없을 리가 있나? 그게 그 녀석은⋯⋯."

"절약하며 조금씩 모은 돈으로 살 수 있게 되었다고 했어. 축제 다음 날이라면 아무도 수상쩍게 여기진 않을 거라고."

"그 녀석은 수도로 가나? 아니면 다른 장소인가?"

"글쎄. 거기까지는 못 들었어."

"⋯⋯⋯⋯⋯."

기덴즈는 입술을 깨물고 침묵했다.

잠시 익스를 노려봤지만 이윽고 툭하니 말했다.

"사랑의 도피는 아니겠지?"

"허?"

"아, 아니, 농담이야." 그는 평소처럼 히죽 웃었다. "농담이야, 그래, 농담⋯⋯. 그러네, 그럼⋯⋯."

"너랑 만나면 감사인사를 전해달라고 부탁했어."

"흐흥, 그것참, 15년을 알고 지낸 사이에 어울리는 예의로군. 너무 정중해서 눈물이 나올 지경이야." 그는 어깨를 으쓱인 뒤, 돌변해서 진지한 눈빛이 되었다. "그럼 혹시, 혹시 말이야, 네가 카밀라랑 만날 일이 있다면, 전해 줬으면 하는 게 있어."

"뭘?"

"돌아오지 마라――라고."

기덴즈는 한숨을 내쉬었다.

"이 마을에 그 녀석의 행복은 없었어. 십여 년 동안 계속. 그리고 앞으로도, 아마도 없어. 내가 구해줄 수 있다면 좋겠다고 생각했지만, 그것도 이루지 못했어. 그러니까 말이야, 그 녀석은, 뭐, 계속 거기서 지내면 돼. 하지만 다른 사람도 아니고 카밀라지. 태어난 고향에 이상한 정 따위를 품고서 돌아오려고 할지도 몰라. 그런 일은 하지 말라고, 말해줘."

"알았어."

"……아니, 역시 아니야. 지금 그건 말 안 해도 돼."

"괜찮겠나?"

"네가 폼을 잡게 둘 수는 없으니까 말이야."

빈정거리듯이 입가를 일그러뜨리고 기덴즈는 말했다.

하지만 금세, 어째선지 그는 안도한 것 같은 표정을 띠고서 오른손을 들었다.

"그럼 잘 가라, 지팡이 장인."

"지팡이 장인 수습이야."

"일일이 정정하려고? 귀찮으니까 냉큼 장인이 돼."

이별을 고하고 길을 걸어가자 조만간 가옥도 사라지고 밭만 펼쳐져 있었다. 마을에 경계선을 그어 두지는 않지만 슬슬 노츠월을 나왔을 것이다.

문득 익스는 걸음을 멈췄다.

길에서 조금 떨어진 풀밭에 하얀 사각형 돌이 놓여 있었다. 키가 큰 잡초에 반쯤 파묻혀 있었다. 이곳으로 오는 도중에도 본 것이었다.

그때는 마을의 경계나 마수 퇴치용인가 생각했지만 그렇지 않다는 것을 그는 알고 있었다.

풀을 가르고 그 돌 앞까지 나아갔다.

이것은 묘비.

이런 장소에 하나만 놓여 있는 것은 노츠월 주민의 무덤이 아니니까.

가만히 보고 있었더니 멀리서 차축이 삐걱대는 소리가 다가왔다.

느긋한 움직임으로, 바로 등 뒤에 정지했다.

말없이 익스 옆으로 그릇을 내밀었다.

안에는 찰랑거리는 황금색 액체.

달콤한 향기가 감돌았다.

"알고 있었군?" 익스는 말했다.

소니므에 걸려 고향에서 쫓겨난 임산부가 마을 근처에 쓰러져 있던 참에, 누군가 그녀를 발견했다. 그녀를 마을에 두는 것에는 반대하는 목소리가 높았지만 발견한 본인이 돌보겠다며 설득했다.

이 마을에는 훨씬 전부터 레이레스트로 물건을 나르는 일을 맡던 농부가 있었다. 마을을 나갈 용건이 없는 다른 사람들과 달리 빈번하게 이 길을 이용하는 것이리라.

그리고 아마도 이 무덤을 만든 것도——.

백발의 농부는 아무런 대답도 없었다.

그저 그릇을 이쪽으로 내밀고 있었다.

익스는 그것을 받아들었다.

얼굴을 가져다 대는 것만으로도 머리가 어지러운 술 냄새.

호흡을 멈추고 단숨에 입으로 흘려 넣었다.

의외로 부드러운 단맛이 입 안을 지나갔다.

"맛있어." 무심코 중얼거렸다.

"벌꿀술이야."

전에도 들었다, 그리 말할 뻔했지만 그만두고 한 모금 더 마셨다.

7

레이레스트로 돌아온 뒤로 몇 주 정도 지나고, 또 유이가 가게를 찾아왔다. 노바도 함께 있었지만 그녀는 길에 서서 다가오지 않았다.

익스는 놀라면서도 가게 안으로 불렀지만 유이는 한 손을 펼쳐 그것을 거절했다. 주위를 둘러보고 사람이 없다는 것을 확인한 뒤에 후드를 반쯤 올렸다.

"미안해요, 바로 가야 되니까요. 여기는 인사를 하려고 들렀어요."

"인사?"

그녀는 몸 앞으로 양손을 겹쳤다.

"이번에 루크타로 돌아가게 되었어요."

"뭐?"

"여긴 가는 길에서 가까우니까 억지를 부려서 들른 거예요."

익스는 몇 번인가 눈을 깜박였다.

"그래⋯⋯." 간신히 그 말을 입에 담을 수 있었다. "그건⋯⋯ 잘됐네."

"예."

"저쪽에서 뭘 한다든지, 결정됐나?"

"아뇨⋯⋯. 그저 뭐, 왕국에서 이만한 기간을 지낸 건 저뿐이니까 그걸로 뭔가 공헌할 수 있다면, 그런 생각은 있어요. 조금은 백성을 위한 일이 되지 않을까요."

"그런가. 으음⋯⋯."

"아무래도 예의 연회에 왔던 분들이 몇 명인가, 말을 해주셨다고 그래요. 제가 목숨을 구해줬다고."

"그렇군."

입가에 손을 대며 멀리 있는 노바에게 시선을 향했다. 그녀는 작게 머리를 숙여 답했다.

"뭐, 물론 일시적인 귀국이기는 하지만요." 유이가 말했다.

"언제쯤 돌아오지?"

"일 년 정도 저쪽에서 지내고, 그다음 봄에 돌아올 예정이에요. 뭐, 기간에 대해서도 결정된 사항이 아니라서 좀 더 늦어질지도 모르고, 돌아오는 곳은 학교가 아닐지도 몰라요. 아직 미정인 사항이 많아서⋯⋯." 유이가 가게 안을 들여다봤다. "저기, 모르나 씨랑 오토는 없나요?"

"그래. 누님은 아직 자고, 오토도 오늘은⋯⋯. 깨울까?"

"아뇨, 괜찮아요. 조금 아쉽기는 하지만, 예, 두 분한테도 잘

전해줘요."

"알았어."

"익스는——." 한순간 유이는 시선을 헤맸다. "지팡이를 만들고 있나요?"

"……라유마타한테 들었나?"

"예, 그래요."

"뭐, 만들고 있어. 일단은 내가 할 수 있는 범위에서."

"뭔가 계기가 있었나요?"

"……그런 거지." 말꼬리를 흐리고, 오른손에 들고 있는 것을 그녀 앞으로 내밀었다.

"게다가, 이것도 말이야."

"그냥 나무 막대기로 보이는데요." 유이는 미간을 찌푸렸다.

"그래, 나도 나무 막대기로 보였어. 기억해? 오브라일가 사건에서 연설하던 남자가 들고 있던 가짜 지팡이야. 부탁해 봤더니 받을 수 있었지."

"가짜를, 굳이?"

"어쩌면 진짜일지도 몰라." 막대기를 흔들었다. "그때 일을 몇 번인가 다시 생각해봤는데, 역시 나한테는 마법을 맞은 것처럼 보였거든. 혹시 이런 빈약한, 가공도 거친 막대기로 마법을 쓸 수 있다면 다양한 가능성이 생겨나겠지. 지팡이를 좀 더 작게 만든다든지……. 지금은 그 연구도 병행해서 진행하고 있어."

"으—음……." 그녀는 고개를 갸웃거리고 익스를 봤다. "더욱 작게 만드는 게, 무언가 이점이 있나요?"

"글쎄…… 모르겠어. 어쩌면 가능할지도 모르니까 조사하는 것뿐이야."

"그렇군요. 장인답다고 한다면, 그럴지도 모르겠네요."

"그럴까." 고개를 기울였다.

품속으로 손을 넣어서 유이는 봉투 하나를 꺼냈다.

"여기, 라유마타 씨한테 받아왔어요."

"누님한테서?"

"이번 보고에 대한 답변이라고 해요."

"호오……."

그런 것을 보내다니 별일이다. 받아든 느낌으로는 편지가 들어 있을 뿐이리라.

"저기……." 그녀는 익스의 눈을 바라봤다. "노츠월을 나올 때, 익스가 마녀에 대해서 말했던 것 말인데요."

"그게 어쨌는데?"

"사실, 인 거죠? 마녀라고 하는 게, 숲 안쪽에 살고 있는, 그저 약초를 잘 아는 여성이었다는 건──."

"그래"라며 고개를 한 번 끄덕였다. "정확하게는 특정한 인물을 가리키는 단어가 아니야. 그 숲에 살던 마법사 집단을 한꺼번에 그리 불렀을 뿐이겠지. 오두막 한 채 때문에 그런 광장을 만들 이유가 없고, 과거의 지팡이가 있었던 것도 그게 이유야. 발산법을 30년이나 앞서서 발상했으니까, 뭐, 그럭저럭 강력한 녀석들이었을 테지만……. 다만 그것도 이제는 끊어진 것처럼 보여. 실제로 내가 만난 녀석은 마법을 하나도 못 썼어. 마녀를 끝낸다고 그랬던 것도 그게 이유야. 끝을 내는 게 아니라, 끝이 날 수밖에 없어."

"그렇다면…… 어째서 마을 분들은 그렇게까지 마녀를 두려워하나요? 마법사가 보기 드물다고는 해도 진실을 안다면……."

"간단해── 그러는 편이 마을에게도 적당하니까."

"무슨 뜻이죠?"

"숲을 지키기 위해서." 익스는 어깨를 으쓱였다. "마을 근처에 그런 숲이 있다니 기적이야. 토지를 빼앗으려는 녀석이 반드시 나타나겠지. 하지만 그런 녀석은 빼앗기 전에 숲이 남아 있는 이유는 무엇일까── 생각해. 사실은 마수가 살고 있을지도 모른다든지. 빼앗은 다음에는 이미 늦어. 그래서 마을로 가봤더니 어떻지? 그 숲에는 어쨌든 무서운 존재가 있다, 마을 사람들이 입을 모아 퍼뜨리잖아. 그 숲의 존재가 도리어 그걸 증명하고 있어. 결국에 그런 꺼림칙한 장소에는 아무도 손을 대지 않아. 마을 바로 옆에 그런 삼림자원이 있다면 분명히 생활이 편하겠지."

"그게 마녀──라고요?"

"추측이지만. 사실이냐고 물어볼 수도 없어." 양쪽 손바닥을 위로 향했다. "오랫동안 이어지는 사이, 마을 녀석들이 진심으로 믿게 되었을 가능성도 있지만……. 뭐, 어느 쪽이든 상관없어. 적어도 마리는 진심으로 믿었을 테니까."

"사람을 먹는 것도, 불사도 부정하는 거군요?"

"그래. 불사 따위는 시시한 풍설에 불과해."

"하지만——."

"전에 노바한테 들었잖아? 불사의 생물에 대해서."

"예, 뭐." 유이는 의아하다는 표정을 지었다. "자기 몸의 일부를 젊게 되돌리고 밖으로 내어 새로운 삶을 얻는다——그것을 반복한다. 생을 그렇게 정의한다면 수많은 생물은 불사라고. 저로서는 말장난으로 들리는데요……."

"불사라는 건 결국 그 정도야. 영원히 계속 사는 생물 따위는 없어."

아직 그녀는 납득이 안 된다는 표정이었지만,

"유이 씨." 길 쪽에서 노바가 유이를 불렀다.

"아……." 한 번 뒤를 돌아보고 유이는 다시 익스를 봤다. "미안해요, 이제 가야 돼요. 눈이 내리기 전에 돌아가야 하니까요."

"그런가…… 그럼."

"예. 이만 실례할게요."

그녀가 머리를 숙이고 걸어가려던 참에 익스는 저도 모르게 목소리를 높였다.

"잠깐만, 저기……."

"뭔가요?" 의아하다는 듯이 돌아봤다.

"라이카라고, 불러도 될까?" 입가를 손으로 가리고 가능한 한 평소 그대로의 말투로 말했다.

"예?"

"그러니까…… 동방에서는 왕국과 다르게, 성 뒤에 이름이 온다고 들었어. 유이 라이카잖아? 그러니까 그게, 유이가 싫다면 그렇게 부르진 않겠지만…….”

유이는 잠시 고개를 갸웃거렸지만 다시 익스를 돌아보더니 맹렬한 기세로 바로 옆까지 다가왔다. 거의 몸이 맞닿을 것 같은 거리에서 발돋움을 하고 익스의 귓가로 얼굴을 가져다 댔다.

“뭐, 뭐야?”

그녀는 속삭이는 목소리로 말했다.

“우리 일족에게 성은 없어요. 이름은 개인 이름과, 그러네요, 왕국에서 말하는 중간 이름*만으로 나타내요. 순서도 그대로.”

“그럼 라이카는——.”

“제 경우, 할머님의 이름이에요.”

“……그렇군.”

유이는 발돋움을 그만두고 다시 몇 걸음 거리를 벌렸다.

미소로 익스를 바라봤다.

“물론 그렇게 부르고 싶다면 저는 상관없는데요?”

“아니…….” 천천히 한숨을 내쉬었다. “이제까지처럼 부르지.”

“알았어요.”

“술이라도 마시고 싶네.”

“어, 무슨 뜻이죠?”

그녀는 의아하다는 듯이 눈을 깜박거렸지만 금세 미소를 띠고 인사했다.

“잘 지내요, 익스.”

“그래, 유이도.”

---

*미들 네임은 가족이나 친지의 이름을 물려 받아 쓰는 경우가 일반적이다.

두 사람이 길 저편으로 사라지는 것을 익스는 지켜봤다. 그녀들이 보이지 않게 된 뒤에도 멍하니 그 자리에 계속 서 있었다.

겨울을 앞둔 공기가 뺨을 차갑게 식혔다.

문득 정신을 차리고 익스는 한 손에 든 봉투를 봤다.

뜯어보니 고급스러운 종이가 딱 한 장 나왔다. 겉에는 아무것도 적혀 있지 않아서, 뒤집었다.

단정한 글자로 〈수고했어〉라고 적혀 있었다.

그만 쓴웃음이 새어나왔다.

유이의 말을 다시 떠올려봤다.

무슨 뜻……?

무슨 뜻인가……?

언젠가 가르쳐 주자, 생각했다.

낮의 숲은 무척 평온하게 보였다. 새 울음소리가 어디선가 들리고, 나뭇가지와 잎사귀가 버스럭버스럭 흔들렸다. 햇빛이 지면에 얼룩무늬를 떨어뜨리고 있었다.

중간부터 에네드가 다가와서 길을 가르쳐 주었다. 오두막이 가까워지자 한번 재채기 같은 울음소리를 높이고는 숲 안쪽으로 사라졌다.

여성이 홀로 하늘을 올려다보고 있었다.

오두막 지붕에 서서 똑바로 위를 바라보고 있었다.

검은 외투가 펄럭이고 지나치게 큰 모자가 떨어질 것 같았다.

왕국의 가을치고는 드물게도 오늘은 멋들어지게 쾌청했다. 하늘에는 구름 한 점 없이 산뜻하게 푸른 하늘이 끝없이 이어졌다. 햇빛은 따듯하고 바람은 차가웠다.

광장을 둘러싼 나무들 사이에서 나뭇가지 하나가 잘려 있는 것을 익스는 깨달았다. 날카로운 단면에서 밝은 색상의 속살이 드러나 있었다. 상당히 뿌리 쪽을 잘랐으니까 함께 대량의 가지와 잎이 붙어서 부피가 클 것으로 여겨졌다. 빗자루라도 만든 것일까.

그녀는 익스를 알아차리고는 지면으로 뛰어내렸다.

"안녕." 그러면서 미소 지었다.

"지팡이가 완성됐어." 익스는 말했다.

"빠르네. 그때는 반년 뒤 예정이었잖아?"

"스승님의 가게에는 예약이 몇 개나 들어왔으니까. 그 순서를 기다리는 기간이 대부분이야. 그런 점에서 내 일은 이것뿐이었어."

"다른 지팡이, 안 만들어도 돼?"

"이제부터 시작할 거야. 첫 지팡이를 만들 때까지는 한 자루에 집중하자고 결심했어. ……아니, 하던 일을 남겨놓은 상태로 다른 것에 손을 댈 수가 없었거든. 계속……."

"그런가." 온화한 음색이었다.

익스는 짐을 내려놓고는 가늘고 긴 보따리를 꺼냈다.

하얀 장갑을 끼고 조심스럽게 풀었다. 가장 밖에는 천으로, 안쪽에는 종이, 그리고 그 안에 청결한 천을 감아서 지팡이를 보호했다.

마지막 끈을 풀자 천이 좌우로 스르륵 나뉘고 지팡이 한 자루가 모습을 드러냈다.

밝은 색깔의 지팡이였다. 길이는 지면에서 가슴 정도까지 오는 긴 지팡이. 상부의 심재는 황금색과 갈색이 섞인 색상이었다.

양손으로 천천히 들어 올려서 상대에게 건넸다.

그녀는 등줄기를 펴고 양손을 앞으로 내밀었다.

"각인 번호 3403 통. 레닐의 네 번째 가지를 사용. 심재는 옛시. 끈기가 강하고, 부드럽지." 조용히 말을 건넸다. "지팡이 제작자, 익스. 그리고 지팡이 주인, 카밀라 토아."

"아니야."

"어?"

"나는 더 이상 카밀라가 아니야. 마녀." 그녀는 다정하게 미소 지었다.

"⋯⋯지팡이 제작자, 익스. 지팡이 주인, 마녀."

"응."

한 번 끄덕이고 마녀는 지팡이를 받아들었다.

익스가 처음으로 만든 지팡이를, 무척 기뻐하며.

그녀가 따듯한 차를 따라주고 밖에 앉아 둘이서 마셨다. 너무 뜨거워서 한동안 익스는 입을 댈 수 없었다.

"익스 군은 어떻게 알았어?" 마녀는 온화한 말투로 물었다. "이렇게 된 나 스스로가 아직도 믿을 수 없다고 할까, 아마도 인간은 아직 발상조차 하지 못한 일이라고 생각하는데."

"방법을 이해한 게 아니야. 그저 구조를 깨닫고 그것을 전했을 뿐이야."

"굉장하네⋯⋯. 나는 의심도 안 했는데."

"먼저 물어보고 싶은데, 이것도 마법──이겠지?"

"으음⋯⋯ 다른 사람한테는 비밀이야. 알겠지? 특별하니까?" 그녀는 한쪽 눈을 감았다. "마법이라는 건 마력을 다양한 형태로 바꾸는 기술이잖아? 열기라든지, 빛이라든지, 소리라든지⋯⋯. 하지만 아직 그 밖에도 바꿀 수 있는 게 있어. 그건⋯⋯ 어떻게 부르면 좋을까. 지식이라고 할까, 뭐라고 할까, 그러니까 정보──라고 하면 알기 편할까? 자신이 가진 정보를 마력으로 바꾸어 외부로 방출할 수 있는 거야. 물론 그 반대도."

마녀는 어깨를 으쓱였다.

"원래 이건 용이 인간에게 지혜를 준 방법이었어. 말로 완전히 전할 수 없으니까 한 덩어리의 정보로 줬다고 해. 하지만 인간이 받아들이기에는 너무나도 큰 지혜라── 그래서 이 숲을 사용했어."

"……숲을?"

"그래. 이 숲의 나무는 마력이 통하잖아? 그러니까 머리에 들어오지 않는 만큼의 지혜를 나무들에 넣어두고 언제든지 꺼낼 수 있도록 했어. 비유하자면 숲 그 자체를 커다란 하나의 머리로 삼은 거야. 그러니까 마녀는 계속 이 숲에 살았어. 나갔을 때에 누군가 멋대로 벌채한다면 곤란하니까."

"그렇군……." 눈을 감고 고개를 끄덕였다.

정보를 마력으로 바꾸어 방출──인가.

그럴 수 있게 된다면 학교도 책도 필요가 없어진다.

이것 역시도 먼 미래에 인간이 다다를 마법일까.

"자, 그럼 네 차례." 그녀는 싱긋 웃었다. "이런 마법도 모르고서, 너는 어떻게 알아차렸어? 그── 구조를."

익스는 하늘을 올려다보고 중얼거렸다.

"마리가 울었으니까."

"그거, 이유?"

"뭐, 이유가 되지는 않겠지만 발상의 단서가 된 것은 그거야." 숨을 내쉬고 이야기를 시작했다.

"애당초 60년 전, 어째서 마리가 숲에서 도망쳤는가── 그게 의아했어. 마녀가 강력한 마법사라면 그런 일은 허락하지 않겠지. 당장 발견해서는 먹어버리면 그만이야. 그러니까 그럴 수 없는—— 그래서는 먹을 수 없는 사정이 있었다고 생각했지. 그렇다면 가장 그럴 듯한 가능성은 하나."

검지를 세워 들었다.

"당사자의 협력이 없다면, 마녀는 사람을 먹을 수가 없다."

"그런 거⋯⋯."

"그건 대체 어떤 이유인지, 나로서는 알 수 없었어." 익스는 계속했다. "하지만 이윽고 너무 복잡하게 생각하고 있다는 걸 깨달았지. 불사라든지 사람을 먹는다든지, 마녀라는 의문의 존재에게 넘어갔던 거야. 냉정하게 생각하면 좀 더 현실적이고 간단한 해답을 누구라도 떠올릴 수 있을 텐데⋯⋯."

아마도⋯⋯.

깨닫지 못했던 것은, 자신이 그러지 않으니까.

익스는 차를 한 모금 마시더니 한숨처럼 말했다.

"후계자를 키우고, 이름을 잇는다—— 그것뿐이야. 새로운 마녀를 기르고 그 인물이 다음 마녀가 된다. 사람이 죽고 마녀는 불사가 된다. 그 방법까지는 알 수 없었지만, 그것밖에 없다고 생각했어. 그러니까 카밀라한테 제안했지. 마녀를 이을 생각은 없느냐고."

"⋯⋯어째서 최초의 마녀가 그런 일을 했는지, 그 사고는 알 수 없지만 말이야." 그녀는 더듬더듬 이야기했다. "하지만 그 정보를 알 수는 있어. 무척 옛날에도 그 축제—— 고기 저장제는 있었고, 어느 시기, 무도의 원에 들어가지 못하고서 홀로 서 있는 아이를 발견했지. 마녀는 그 아이를 데려왔고, 그 후로 이 인연이 시작되었다고 해." 그녀는 그때 살짝 웃었다. "그래그래, 이 모자는 있지……. 받아들였을 때보다도 큰 것을 다음 아이한테 넘긴다는, 영문 모를 전통이 어느샌가 생겨서, 그래서 이렇게 큰 거야."

이것으로 잘 된 것일까, 익스는 그런 생각을 씻어낼 수가 없었다.

집 뒤뜰에 있는 일곱 개의 무덤.

이제까지 먹힌 인간의 숫자.

단 하나의 이름을 위해서, 개개인을 버린다.

단 하나의 아이를 위해서, 불사를 만든다.

그를 위해서 물려받고 있다.

오랫동안…….

마녀를 전승하고 있다.

뺨에 손가락을 대고서 마녀가 말했다.

"마리 씨는 그걸 알기 전에 도망쳐 버렸을 테지만……."

"알았어."

"어?"

"이런 간단한 결론, 20년이나 같이 지내고서 못 알아차릴 리가 없어."

"그럼 어째서 도망쳤어?"

"마녀는 혼자니까." 익스는 숨을 들이마셨다. "자신이 마녀가 된다면 지금 있는 마녀는 죽어버려. 마리는 그게 무서워져서,

그러니까 도망쳤어. 그러니까…… 울었던 거야. 그리고 틀림없이 마녀도 그것을 깨달았어. 20년으로 두 사람이 어떤 관계를 구축했는지, 나로서는 알 수 없어. 하지만 그러니까── 마녀는 끝낼 생각이었을 테지."

"그런, 가……."

두 사람은 조용히 시선을 나누었다.

차는 완전히 식었다.

"지금은 어떻게 됐어, 전의── 으음." 익스는 고개를 갸웃거렸다. "뭐라고 부르면 될까."

"이브 씨, 야." 입가에 미소를 그리며 마녀가 말했다. "응, 조금이면 되니까 시간을 달라고 하더니, 마리 씨한테 간대. 마녀를 물려준 뒤에도 한동안은 유예가 있는 모양이야."

"……그런가."

백발의 노파와 흑발의 소녀가 이야기를 나누는 모습이 환상처럼 보였다.

"하지만 겨울에는 돌아와서, 응, 무덤으로 들어간대."

그녀는 눈을 감았다.

"……마녀는 잔혹하구나."

"……그래."

그것 말고 할 수 있는 말은 없었다.

숲을 나서기 전에 마녀의 정면에 서서 말했다.

"그래서, 어느 정도야?"

"뭐가?"

"마녀의 수명. 인간보다 길 테지만 불사는 아니겠지? 그 시기를 가늠해서 마녀는 후계자를 찾았을 테지."

"그러네……. 대략적이지만, 200년에서 300년 정도일까."

"역시 마력과 수명은 관계가 있구나."

"……응." 그녀는 작게 고개를 끄덕였다.

"그것도 비밀인가?"

"비밀이지만……." 마녀의 입술이 떨렸다.

"인간이나 마수는 선천적으로 그 마력을── 말하자면 살아가는 힘, 같은 것으로 바꾸어서 살고 있어. 원래 가진 힘의 소모를, 그쪽을 대가로 삼아서 억누르고 있지. 그러니까 마력을 가진 마수는 그렇지 않은 짐승보다 오래 산다고…… 그런…… 구조야."

"얼마나?"

"얼마나?" 마녀의 얼굴이 억지로 웃으려고 했다.

"반대는, 얼마나 짧아지지?"

눈을 감고 그녀는 고개를 가로저었다.

알 수 없다, 인가.

그것만큼은 비밀, 인가.

마녀가 이쪽으로 몸을 댔다.

양팔을 등으로 둘러서 익스를 끌어안았다.

"나는 있지……." 키 차이로 아래쪽에서 목소리가 들렸다. "마녀니까 사람이 모르는 지혜를 잔뜩 가지고 있어. 사람이 쓸 수 없는 마법을 쓸 수 있어. 틀림없이 알게 된다면 깜짝 놀랄 거야.

그런 것까지 가능하대. 이제는 뭐든 해내고 말 기분. 그런데도 말이지…… 이건 어떻게 된 걸까. 내가 이렇게나 슬픈데도, 이렇게나 괴로운데도 어째서 하늘이 맑을까? 그렇게나 비가 내렸는데…….”

“…………”

“익스 군. 나 있지, 갓난아기인 너랑 만난 적이 있어.” 모자의 커다란 챙에 가려져서 표정은 보이지 않았다. “그때 나는 너한테 꽃을 주려고 했어. 어째서 그랬을까? 모르겠지만, 네 오른손에 꽃을 쥐어주려고 했거든. 너는 울면서 싫어했어. 그래도 나는 몇 번이고 밀어붙여서, 억지로 손에 꽃을 들렸지. 나는…… 그때…… 미안해. 미안해, 익스 군…….”

그녀가 어째서 그렇게나 사과하는지 알 수 없었지만——.

아아, 마녀다. 그리 생각했다.

20년 전의 일을 마치 어제 일처럼 사과했다.

인간은 그럴 수 없다. 특별한 소질 없이는.

그녀는, 그러니까 마땅히 마녀가 된 것이리라.

그와 동시에 하나 납득한 것도 있었다.

그런가…….

그런 옛날부터인가…….

어쩐지 그녀에게 거스를 수 없더라니…….

한동안 익스의 가슴에 얼굴을 바싹 붙인 뒤, 그녀는 팔을 풀고 웃는 얼굴로 바라봤다. 조금 전과는 다르게 밝은 목소리로 “그러고 보니”라며 입을 열었다.

"그러고 보니, 이브 씨는 날 수 있대."

"날아?"

"응, 레이레스트로는 날아간다고 그랬어. 내가 자고 있을 때에 가버렸으니까 방법은 모르겠지만……."

"마녀인데도?"

"그게 말이지, 지혜의 양이 너무 많은걸. 뭐가 어디에 있는지, 조사하는 것만으로도 버거워."

"그런 법인가."

"그런 법이야. 아, 하지만 있지." 그녀는 우습다는 듯이 말했다. "뭔가, 나뭇가지가 필요하대."

"허어?"

"이상하지……. 그래서, 거기 나뭇가지를 잘라버렸어. 대체 어디에 쓰는 걸까……."

그러면서 웃는 마녀에게 이끌려서 하늘을 봤다.

언젠가 그녀도 가게 될 장소.

자신으로서는 평생 다다를 수 없는 높이를.

훗날, 하늘을 나는 인간의 소문을 익스는 들었다.

어두운 밤, 하얀 달을 가로지르는 사람의 모습을 누군가가 목격했다고 한다.

달 위에서 검은 그림자가 된 그 모습은, 끝이 뾰족한 모자를 뒤집어쓰고서 커다란 빗자루에 앉아 있었다고 한다.

후기

　책을 어디부터 읽는가――혹은 읽지 않는가――를 정하는 것은 모든 독자가 가진 자유 중 하나입니다. 하지만 마지막부터 읽으시는 것을 상정해서 구성되는 이야기가 통상적으로 없듯이, 이 후기도 마지막으로 읽으시는 것을 상정하여 적혀 있습니다. (핵심적인 내용도 나와 있습니다.) 양해해 주시길. 정형문이 있으면 편하네요.

　제목이 『용과 제례 2 ―전승하는 마녀―』가 되었습니다만, "용과 제례"는 전작의 내용에 붙은 제목이니까 이 소설에서는 단순히 『전승하는 마녀』쪽이 정확하다고 할 수 있습니다. 포맷을 따른다면 『마녀와 고기』일까요. 엽기적이니까 각하입니다만. "용과 제례" 부분은 시리즈임을 나타내는 편의상의 제목입니다.
　지금 말씀드렸다시피 이것은 시리즈의 두 번째 작품에 해당되고, 『용과 제례 ―마법 지팡이 장인의 관점에서―』의 속편이라는 위치입니다. 공통되는 세계에서 시계열적으로 뒤의 이야기입니다. 다만 전작도 이번 작품도 각자 단권으로 완결되니까 이쪽을 먼저 읽으셔도, 혹은 이 작품만 읽으셔도 전혀 문제없습니다. (실제로 그러는 분은 소수파로 여겨집니다만.)
　집필한 것은 2019년 10월부터 11월에 걸쳐서, 4주가 넘게 걸렸습니다. 우선 첫 2주 동안에 전반부를 적은 뒤에 모두 지우고, 나머지 2주 조금 넘는 시간 동안에 처음부터 전부 다시 쓰는 스케줄이었습니다.

'속편을 적는 것'이 첫 경험이었고, 전작부터 그것으로 끝낼 생각으로 적었으니까 그런 부분의 혼란이 원인으로 여겨집니다. "2권에서는 유이가 안 나와도 괜찮나요?" "아니, 이거 라이트노벨이니까……"라며 담당분이 나무라는 장면도 있었습니다. "주인공을 바꾸어도 괜찮나요?"라고 먼저 말하지 않아서 다행입니다.

지난번과 다르게 이야기의 무대로는 수많은 사람들이 모여서 떠들썩한 장소를 설정했습니다. 전체적으로 바쁘고 떠들썩한 분위기로, 축제 느낌은 늘지 않았을까요. '밖과 안'도 연속되는 키워드입니다. 그리고 어떤 연출을 반대로 적용했습니다만, 그런데……라는 느낌이네요.

시리즈니까 테마는 전작과 공통됩니다만 접근 방법이 다르니까 그런 부분에서도 차이가 느껴질 것 같습니다. 내용 측면에서는 전작과 대비되는 카운터, 답변 따위도. 이른바 한쪽 면과 반대 면의 관계 정도. 한마디로 하면 전작은 "기록"의 이야기이고 이번 작품은 "감정"의 이야기일까요. (이것이 핵심적인 내용.)

1권과 마찬가지로 이번에도 이것으로 끝낼 생각으로 적었습니다만, 예상과 다르게 3권이 나올 예정입니다. 겨울의 이야기가 될 것 같습니다.

2020년 4월 츠쿠시 이치메이

RYU TO SAIREI 2
Copyright © 2020 Ichimei Tsukushi
Illustrations copyright © 2020 Enji
Original Japanese edition published in 2020 by SB Creative Corp.
Korean translation rights arranged with SB Creative Corp.
through Japan UNI Agency, Inc., Tokyo

용과 제례 2

2023년 8월 15일 1판 1쇄 발행

저　　　　자	츠쿠시 이치메이
일 러 스 트	Enji
옮 긴 이	손종근
발 행 인	유재옥
본 부 장	조병권
담 당 편 집	정지원
편 집 1 팀	김준균 김혜연
편 집 2 팀	정영길 조찬희 박치우 정지원
편 집 3 팀	오준영 이해빈 이소의
편 집 4 팀	전태영 박소연
디 자 인	김보라 박민솔
라 이 츠	김정미 맹미영 이윤서
디 지 털	박상섭 김지연
발 행 처	(주)소미미디어
등 록	제2015-000008호
주 소	서울시 마포구 토정로 222, 403호(신수동, 한국출판콘텐츠센터)
판 매	(주)소미미디어
제 작 처	코리아피앤피
영 업	박종욱
마 케 팅	한민지 최원석 박수진 최정연
물 류	허석용 백철기
전 화	편집부 (070)4164-3962, 3963 기획실 (02)567-3388
	판매 및 마케팅 (070)4165-6888 Fax (02)322-7665

ISBN 979-11-384-7939-4 (04830)
ISBN 979-11-384-7815-1 (세트)